文
景

Horizon

社科新知　文艺新潮

大口呼吸春天

皮村文学小组诗集

陈年喜 李若 等 著

上海人民出版社

目 录

序：劳动者的诗与歌

张慧瑜

北京大学新闻与传播学院研究员

皮村文学小组志愿者

这本诗集《大口呼吸春天》是继《劳动者的星辰》之后皮村文学小组的第二部作品集，收入了十五位劳动者近一百五十首诗歌作品。诗集的名字来自李文丽的《我多想》，"我多想/走出户外/去大口呼吸春天的气息/那暖暖的风/带着花草的清香"。"呼吸"是一个具体的身体动作，春天是"呼吸"的对象，也代表着希望。

皮村文学小组成立于 2014 年 9 月 21 日，是文化志愿者与喜欢文学的新工人共同创造的文学交流空间，已经坚持了十年之久，涌现出一大批基层作家。这本诗集的作者有的在皮村待过一段时间，有的已经离开，还有一些是文学小组每年举办的"劳动者文学杯"的诗歌类获奖者。他们都是从事不同行业的普通劳动者，如陈年喜是爆破工、范雨素是家政工、徐良园是泥瓦匠、绳子是酒厂工人、郭福来是布展工人、朱自生是机械工人、小海是流水线工人等。这些"会写诗的工人"在繁重的劳作之余创作，成为物质劳动和文学写作的双重生产者。这些作品具有浓郁的劳动生产和个体生命的烙印，语言简洁有力，充满想象力，可谓我们这个时代的"新乐府"。我与诗集中的大部分作者熟悉，想结合具体作品谈一下对新工人诗歌的理解。

"机械的隐形人"

新工人指的是二十世纪八十年代以来走进城市从事第二产业、第三产业的劳动者，他们是中国作为"世界工厂"的主力军，也是城市建设、城市服务的劳动力，还包括近年来出现的外卖、出租等平台经济的新就业群体。生产能否成为文艺表现的对象不是自然而然的，对于大部分以文化市场为诉求的文艺作品来说，生产空间、劳动过程长期被排斥在都市、社会、家庭、个体场景之外。新工人诗歌最重要的特色是把生产、劳动、创造作为书写对象，让隐匿的劳动过程变得可见、可感，因为日复一日的劳动和工作是他们最直接的生命体验，这体现在身体感知、心灵反映以及以生产为视角理解日常生活。

小海从2003年十几岁起就到深圳打工，到过珠三角、长三角、京津冀的十多个城市，干过电子厂装配工、油漆工、缝纫工、裁剪工、电话推销员、房产业务员、饭店服务员、工地小工等各种职业。2012年冬天，在苏州高教区大学城一个流动书摊，他买到一本海子诗集，小海的笔名就来自海子。2014年小海在常熟羽绒服厂写下第一首诗歌《母亲》，陆续在工厂创作了千余首作品。2016年小海来北京打工，加入了皮村文学小组，创作了诗歌集《工厂的嚎叫》和非虚构作品集《温榆河上的西西弗斯》。小海的工厂诗歌写下了对工业劳动的反思，《在深圳》中"我日夜坐在这里/用电烙铁将所有的/青春　理想　孤独　憧憬与迷茫/统统都凝固在一个个叫电阻的点上"。在国企酒厂工作二十多年的绳子在《机油味的蓝蜻蜓》中描述了工人如何穿行于蒸馏塔和发酵罐之间操控机械设备，像蓝蜻蜓一样轻盈，

"蓝蜻蜓　它的身体里有一只/小小的加速器/在空气中蓝蜻蜓不能选择滑行/蓝蜻蜓在加速在攀升/蓝蜻蜓是一道鞭影/蓝蜻蜓是一道虚拟的闪电"，工业劳动要求准确、流程化，蓝蜻蜓如同工人手中的风筝，不断攀升，又划出一道闪电。

劳动是人作为主体使用生产工具对生产材料进行加工、锻造的过程，动作以及表示动作的动词成为新工人诗歌中重要的修辞术。动词是一种施动力和作用力，也是人付诸行动和实践的表现。打工的"打"就是经常出现的动词，打工既是一种动作化的行为，也是一种名词化的职业。在小海的《打螺丝的女工》中，"打"这一动词成为工业劳动的核心。第一段是"白天打/夜晚打/上班打/加班也打/一天要打两万颗螺丝才能完成生产任务"，这种"打"螺丝的女工与其说是施动者，不如说是被控制的人。紧接着第二段是"工厂遥控着主管/主管呵斥着员工/工人紧握着电批/电批挤压着螺丝/螺丝冲击着螺纹/螺纹弯曲旋转着钻入螺孔/如同钻入一些人无底洞般的花花肠子"，一系列动词构成了工业流水线的链条，最终导致打螺丝的女工被淹没。动词如同身体的关节，让女工从施动者转为被动的承受者，再转为被机械淹没的"隐形人"。

与"机械的隐形人"相似的修辞是劳动者在工业流水线上变成一具被掏空的、去身体化的、空荡荡的"躯壳"。在深圳打工的李明亮在《躯壳》中写道,"他多想奋力跑上去/一把从衣绳上/摘下自己",身体变成了悬挂在晾衣竿上的衣服,"看着一套连体的衣服挂着晾晒/我就感觉,是一个人吊在那里/只是魂暂时抽离了"。王志刚则把这种躯壳化的身体描述为"一所空房子","旧下来的身体,像一所空房子/痴呆地空着,空洞地空着"(《旧下来的身体像一所空房子》)。绳子也写过《劳动是身体里最黑的部分》,"把灯光调暗 劳动是身体里最黑的部分/繁密的管道液体循环往复/白天或黑夜 那么多人在里面出没"。不过,相比工作时的动词,休息时的动作也能带来愉悦。李文丽在北京从事家政服务,白天意味着从早忙到晚、马不停蹄地劳作,夜晚才是真正属于她自己的静谧田园。她在《夜晚真是太好了》中写"于是我爱上了夜晚/只有在黑夜里/我才是真实的自己",在躺下的时间里,"卸下一天的负累/洗去身上的疲惫/躺在床上/整个世界属于我/听听音乐 看看书/很快就进入了梦乡/夜晚真是太好了","卸下""洗去""躺""听""看""进入"等动词连续出现,仿佛对白天劳动场景的"复原",不同的是夜晚的动词能带来精神生活的愉悦和欢畅。

"长出了水稻和炊烟"

如果说这些在流水线上压抑的、异化的工业劳动是新工人诗歌中经常浮现的主题,那么在这本诗集中还能看到另外一种劳动和生产的体验,这就是生产带来的创造性和成就感。生产某个产品、制作某样东西是一种从无到有的创造,是一种艰难又有价值的"孕育",充满了兴奋和欣喜。如小海的《中国制造》写道,"我们制造了收音机 汽车 电脑显示屏 苹果 7 /我们制造了耐克 彪马 英格兰运动服 阿迪达斯/我们焊机板 插电阻 打螺丝 安装马达保护器/我们做袖口 装拉链 上领子 把羽绒服里外都对齐",这种"我们"对商品的制造正是"劳动创造世界"的写照。劳动者的创造性体现为三个面向,一是如植物、农作物的生长,是一种生命的孕育;二是主体生产了客体,客体也制造了主体，这是一种互为主体的生成；三是诗歌创作、文学写作等文化生产。

首先，从工业制造、工业劳动延伸到对生产、生长的独特理解，"生"是生成、创作、孕育，"产"是产品、作品、产物，生产就变成了一种生命与人生的"孕育"。范雨素的《树下的娃娃》写的是家政妈妈与留守儿童的故事，"城里的妈妈/抱着谁家的娃娃/村里的娃娃/在树下想着妈妈/风儿轻轻吹　花儿静静地开/村里的娃娃　在树下等着妈妈"，留守儿童没有妈妈，树像妈妈一样陪伴娃娃长大。另一首《他是丁平平》写的就是皮村的留守儿童，"他从小到大/孤零零地长大"。北漂刘玲娥的《离故乡》把一次次背井离乡描写为艰难的分娩，"走了，走了/故乡是一腔子宫，一次次别离/都是阵痛的分娩"。在《秋日的一个下午》中，她把妈妈挖土豆、庄稼地孕育土豆以及"我"与"妈妈"的关系也变成一种生产，"妈妈把最后一颗土豆挖了出来/她用了整整一个下午……我依着她疲惫的身体坐下来/像成堆土豆中的一颗重新结回那一根藤蔓上"，这是一种积极的、有想象力的生产。李明亮的《二姐》则把农业劳动变成一种美的、创造性的生产，"当你们都在说着荷花/我想起了我的二姐/那年，她把一块稻田变成了荷塘"。这些农业作物、田园风光成为与城市、工厂相对立的美好空间，如在深圳打工的程鹏在《葡萄园》中把葡萄园作为一种自由的绿色通道，"阳光下的葡萄园飘荡着/高速公路一阵阵向着我不安的脚步/流浪而过，微风吹拂我的/面庞，我的葡萄园，绿色像通道一样/来到南方，让我像自由一样生长"。

李明亮的《自制绿豆芽的过程》、小海的《花生家族命运史》用一种个体化的农业劳动来比拟工厂中对商品的生产和制造，前者是"它们在黑暗中/萌芽，抽出自己的身体/生脆的腰肢修长而圆润"，后者是"可我不知道怎么描述自己的命运/如同无法准确描述一颗花生/打工许多年后仿佛才明白/自己就如同一颗颠沛流离的花生/被浸泡　被油炸/或和一帮叫毛豆的兄弟一起被煮/抑或被他们加工成产品/锁进塑料袋里"。这里写的是绿豆芽、花生的故事，也是劳动者自己的命运，生产是一种稚嫩的成长，也是被锻造的过程。李明亮的《折断骨头的人》写了一位从脚手架摔下来的工友摔断了一根腿骨，最后一段是"你慢慢地睡着了/在梦里/你看见，低矮的故园/正压在一根挺直的断骨上/夹板和绷带，正在脱落/它们分别长出了水稻和炊烟"，梦里的故乡是一个恢复生机的、有"水稻"和"炊烟"的生长之地，农作物的自然生长是对工业劳动的想象性"治愈"。

其次，这种对于生产的书写还发生了颠倒，劳动者从生产者变成了被生产对象，"我"也变成了一种商品，这种主客关系的逆转体现在"我"变成了他者。小海的《中国制造》中有一句"我们和机器做朋友　与产品谈恋爱"，作为生产工具的机器和生产的"产品"都是工人们拟人化的朋友和恋人。"我们"与"产品"的主客关系被书写为一种倒置关系，"我们"制造"产品"，"产品"也制造了"我们"，"流水线不但制造了产品/也制造了我们一成不变的　青年生活"。泥瓦匠徐良园用戏谑的笔调写了去寺庙不是"求神拜佛"，而是讨要工钱。他在修路时误伤了"蚯蚓兄弟"，晚上"我做了一个奇怪的梦/梦见自己/变成了一条瘦长的蚯蚓/你变成了/一个高大健壮的农夫//你举着锄头/把我一劈两半/我没有躲闪"。主客倒置形成了一种以客为主、主客互为主体的同命相连之感。打工多年后返回家乡的李若则把桃子、鸡、牙齿、微波炉、按摩器、收音机、树桩、白菜等植物、动物、家用电器变成拟人化的对象，让这些他者与人产生情感波折和共情。

再者，诗歌等文学写作活动也是这些劳动者创作的"产品"。郭福来是河北吴桥县人，在北京从事布展工作，他把从事诗歌创作比喻为种庄稼，"曾经/我的诗篇写在庄稼地/一行行庄稼是我/错落有致的诗句/我轻轻地抚摸/一棵棵庄稼/像是在缓缓地整理/我诗歌的思绪/小鸟盘桓/我的修辞落下又升起/阳光普照/形容词澎湃着汹涌的绿/微风拂来/我的庄稼地溢满/动词的涟漪"。身体残疾的社区工作者寂桐喜欢写情诗，也向往爱情，《余生，把你藏在笔下》既是一首写给"你"的爱情宣言，也是用"一支素笔"进行诗歌创作的自指。做过各种工作的王景云写了《语言的骨头》，虽然语言"含有春风和柔软的水"以及"我这笨拙的嘴唇"，但作者希望用"铁质的骨头"制成"一万枚锋利的箭镞"，"随时射出去，堵住尘世的谎言"。在这里，生产的逻辑依然在发挥作用，"无骨的言辞"可以打造成"铁质的骨头"。另外，诗歌创作也能变成一种微弱的抵抗，王志刚在《老去的事物长着翅膀》中把衰老描述成含泪的喜剧，"老去的事物长着翅膀，渐飞渐远/病态的亢奋在脸上升温。心里已做好/随时抛弃自己的打算。新剃的头没了白发/成了霓虹灯、路灯、月亮的反光体。也是一种反抗/用和平的方式耍小聪明。当我置身于/此刻的沉醉，城里人再说我的方言/是鸟语，我就在他们眼前/亮出翅膀"，从歧视性的"鸟语"，到做一种"亮出翅膀"的反抗，写出了农民、工人在城里遭受的歧视。这个"翅膀"既是可以飞翔的、超越世俗的翅膀，也是一种文学的想象力和创造性的体现，是新工人文学生长出来的"翅膀"。

新工人诗歌不仅写出了工业生产的压抑性、无意义感，也写出了生产的创造性、生长性，形成了一种劳动者特有的以生产为视角的生命体验。在小海大气磅礴的《中国工人》中，从"我是一名中国工人"到"我们在这九百六十万平方公里的广袤土地上连夜生存"，个体的"我"变成了带有集体想象的"我们"。这些遍及"世界的每个角落"的中国工人最终演化为一种漫山遍野的生长的形象，"那里长满了磊如长城的中国工人/长满了漫山遍野的中国工人/长满了手握青铜的中国工人/长满了吞云吐雾的中国工人"，这种大尺度的空间想象写出了新工人的史诗感和生命力。

"更多的叫作河"

这本劳动者的诗集中还有两个意象令人印象深刻，一是光和阳光，这是光明、温暖和充满希望的象征，二是水和流水，这是流动的、不稳定的形象。这两个意象与新工人的工作和生命状态有关，正因为在没有阳光的厂房忙碌工作，才产生了对阳光的强烈渴望，而外出打工、四处流浪的新工人与流水有相似的命运。

先看阳光。王景云用稗草形容新工人，在《流水线上的稗草》中，"厂房里没有阳光照进来/也没有空调/埋头干活，工位上/每一棵哑草，沉浮于流水的诺言"，这种有害的杂草因为没有阳光只能长成哑草、稗子，"而一粒粒稗草的种子/在岁月里生根，发芽/忍受设备挑刺，挺不起腰杆/长成卑微的稗子/被秋风挑选"，流水线虽然没有阳光，但工人仍然像稗草一样生长在流水线的田地里。刘玲娥的《阳光照进火车》则书写了阳光的力量，阳光把一切都变得生机盎然。阳光"把窗外的雪焐出了一团火/把路过的风焐得温顺/把冰冻的湖面焐出了动荡的水波/……把炉火里的煤块焐燃了/把酒焐滚了/把我的伤口焐愈合了"，免费的阳光是生命、生长的源泉。创作《劳动是身体里最黑的部分》的诗人绳子也会写《春天，微光里的段家巷》。与黑暗相对的是微光，生活在段家巷的普通人被灯光、微光、时光、星光、晨光等照亮，这些有光的日子可以体会孤独（"此时寂静又将我照亮，我手上有一吨的流水/用来挥霍。或者用来流泪"）、浪漫（"高处的星光空出一个小小的地方/留给不设防的青春留给过路人想一想过往/有心人从这里消失，顺手抹去自己的气息"）和衰老（"光一路尾随，偷袭成功/老去的人毕竟还是老得恰如其分"）。不管什么光，有光就意味着家、咖啡馆、故乡、生命等温暖的气息，恰如其中一首诗的名字"光渲染过的生活让人一再回想"。

再看流动的水，这里的流水既指真实的自然河流，也指工业生产线，流水线正是福特制工厂的"发明"。长期从事煤矿工作的陈年喜在《流水》中直接用皮村外面温榆河的流水来比喻打工者，"像流水一样奔涌/看见他们带着旋涡溯流而上/或流向遥远的下游"。这种流动性和不稳定性，是新工人的"常态"，他们在流水线上像风一样奔波，也像北漂、南漂的流水一样流动。在陈年喜的另一首诗《瞭望温榆河》中，河流变成了"奔波者"的人生之流，"波涛汹涌不息/唯有奔波能让奔波者停下来",河流有上游、下游,也有拦截和分流,而新工人的人生也是如此,"我们可以看见一条大河遥远的下游/却无力知道自己命运的去向/这些年 我已习惯了世界的安排/接受了拦截和分流"。机械工人朱自生也写了一首《流水》,把外出打工的工人命名为江河,"这些来自江东江西/河南湖北的孩子/有的叫溪/有的叫江/更多的叫作河"。生活在皮村的郭福来写了《轮船,港湾》,工友是随处漂泊的轮船,"每条船,都说着自己的方言/每条船都把大海当成江湖/都想闯荡出自己的一片领地",而为工友提供公共文化服务的工友之家则是暂时停靠的港湾,皮村文学小组就是工友之家为劳动者提供的一处文学港湾,让流动的身体可以借助文学的想象力舒展。

2022 年,世纪文景策划出版了《劳动者的星辰:皮村文学小组作品集》,这本书成为素人写作、劳动者文学的代表之作,取得了很好的反响。我很高兴这本诗集能继续在文景与读者见面。这些劳动者的诗篇是一种以诗歌为媒介的劳动传播学,也创造了一种生产的诗学。这些作品再次呈现了新工人文学的独特性,这是一种书写劳动、创造世界的生产者文学，也是发现生产、生长和生命创造力的文学。文学如流水，新工人也如江河，文学与新工人的相遇终将汇聚成文化的五湖四海。

2025 年 3 月 1 日龙抬头

写于燕园南门南山阁

陈年喜

作家、诗人、矿工，陕西丹凤人，出版诗集《炸裂志》《陈年喜的诗》，散文集《活着就是冲天一喊》《微尘》《一地霜白》等。

在皮村（组诗）

远伦

我在一间大厂房见到他时

他正把一桶油漆往一件木器上涂

这一天他正好五十五岁

他板刷下的油彩蒙骗了我

他抬头时　我还是看见了

他眼睛里的另一个世界

那个世界我们很多人都有过

人间所有的地理都大致相同

但又各自秘密到难以描述

临时休息间摆放了几本书

其中的一本已破旧不堪

它是一本诗集　至于书名我在这里隐去

同时也隐去老张的前半生

它们并不比你经历的更有意思

老张有意思的一次

是把风月床头涂成了一只琵琶

以至于它的主人夜夜听闻断雁之声

汉宫秋月漫潶了整个屋子

那个十三岁的少年成长为汉天子

我无力看见张远伦五十五岁后的生活

我自己的岁月都无力看见

别过他的下午我独自来到温榆河边

泱泱滔滔　水疾岸徐

落日如同板刷又刷去人间一日

新婚记

对于北方

中秋已是深秋

对于河南籍木工王良木

中秋是命运的春分

今天　他结婚了

新娘子来自四川

准确地说来自流水线末端

一张张实木床　从王良木开始

到张小芹成品

好夫妻难为无床的爱情

张小芹细细打磨的棱角

张小芹昼夜绘画的春江图

成为这个城市云庄所在

菜过五味　酒过三巡

月亮从东边升起来了

庆贺的人陆续离开

新房崭新　新床光明

一对新人在西窗明月下

显得有些陈旧

二〇一六　中秋夜

北京　有风　朝阳路车水马龙

有人受审　有人庆功

有人死于陈州路上人们无暇哀之

一对新人在墙角地板上开始了旧生活

一张新床悄悄出门

天亮之前它必须返回

木器厂的展厅

流水

温榆河在经过皮村段时

显得异常平静

这使河床变得更加开阔

我常常看见站在两岸河堤上的人们

像流水一样奔涌

看见他们带着旋涡溯流而上

或流向遥远的下游

人和流水的不同在

前者比后者流得更远

消逝得更加彻底

三月时和张克林一起散步

他来自青海　如今

被机床巨大的齿轮带走

五月是刘三

八月是李安江

紧接着是都没记住名姓的人

如今　我一个人喝酒

对面是他们留下的巨大空虚

人和流水相同处是

都身不由己

因为缺少可供卸载的码头

而更加急迫　深重

父亲

身下是平整的木板

头顶上方也是　它们让我又一次

嗅到了你的气息　淡淡　悠长的松油味

父亲　我们已远　像戌时到辰时

中间隔着漫漫长夜

而一块床板打通阴阳

这里是北京

你一辈子向往的皇城

这里是皮村

其实你来过并且住了一生

这里的人都是拆洗日子的人

人间日月　因为这样的劳动弥久常新

我们都是赌命的人

不同的是你选择了木头而我

选择了更坚硬的石头

你雪一样的刨花和锯末

我铁一样的石块和尘屑

铺在各自的路上是那样分明

这一年你住在山上

而我几乎走遍千江万水

其实人的奔波不过是

黑发追赶白发的过程

我们想想

有什么不是徒劳呢

作为徒劳者　奔跑在徒劳的事物中间

努力而认真

瞭望温榆河

这一年　瞭望温榆河

是我每天的课程

温榆河上鸟飞鸟逝

波涛汹涌不息

唯有奔波能让奔波者停下来

在一个我说不出名字的地方

浑苍的河水被拦截成两段

同时我说不出河水为什么要被分解

远远望去　向下　是奔腾的波澜

向上　是万尺平湖

高大的落差　把一些事物分隔成

不同的命运

站在河堤上

我常常回望自己的上游

它波澜不惊甚至将要干涸

曾经的潜流　波涛

白茫茫的荷花　芦花呢

曾经的黄昏的赤马　三千明月呢

我们可以看见一条大河遥远的下游

却无力知道自己命运的去向

这些年　我已习惯了世界的安排

接受了拦截和分流

如果说还有什么不死之心

那就是　在抵达失败之前

像音乐逃出响器

完成一次失败的转头

八月十七·鬼节

八月十七　月明星疏

温榆河在夜风中回到流水

好事者播在河堤上的玉米

红缨正变为黑须

季节在此夜打开新的册页

河边上有人跪下烧纸

水泥的路边也有一排

他们在告诉并告慰亲人

这一年过得很好

孩子们都已长高

用不了多少年就能出人头地

世界已然如此发达

交流者并不用新的方式

他们那样专注　久久不愿起身

他们大都年轻也大都老了

这一刻　清风为他们提来泉水

远处的楼宇灯火辉煌

真实得如同幻境

那里住着另一群人

在二○一六年八月十七日夜

有人写下诗歌

有人写下一纸降书

更多的人正签下

旧约与新契

奔跑的孩子

跑过皮村坑洼街道的孩子

穷人的孩子　他们

肠胃里盛着粗食和白薯

他们多么快乐

快乐像一块新抹布

擦过秋天的旧桌子

他们还不知道这个世界

有多大　有多少流水正失去速度

他们的父亲和母亲

正在上班途中　一阵秋意

让路上的自行车更加迫急

他们还无力看见　西风正

将东风压倒

请允许我一生

做一件事情

请原谅我一生一事无成

像这些欢乐的孩子

用忙碌和无知

掸下世界的尘土

起风了

秋风钻入脚手架上

劳动者裸露的脖子

这情景恰如

安息者为奔波者

系上花边的围巾

皮村

在这个巨大的都市

皮村小到可以不计

地理的渺小可以用人群填补

人群的渺小连炽热的风

也无能为力

我第一次来时是二〇一四年冬天

凛冽的北风吹过街道

头顶每五分钟飞过一架飞机

它们在空中划下线条

而噪声久久不能消逝

我奇异于街头巷尾人群的平静

他们低头奔走或缓慢谈笑

天寒岁晚　云疾云舒

一个下午我在街口走来走去

似乎很多年过去了

据说这里早年曾是荒岗野郊

有野兽和亡人出没

如今　是小商业加工业集散地

成就了多少香车　宝马

也成就了多少白刃与白旗

一个孩子手握苹果跑过街市

香气环绕乌黑的童年

她的妈妈刚刚下班　摘下黏污的围裙

一对耳环垂在耳际　怎么也摘不下来

它由噪声的纯金打成

坝上玉米

今天早晨　拖着沉重之躯

我独自来到温榆河边

看到坝堤上的玉米已显枯迹

更高处的柳枝依然随风摆翠

低处的剪茅草一直铺张到浅水区

哦　人间秋色总是从一片玉米开始

很快　它们就要被收割了

哪怕天南地北庄禾有同样的节律

在秦岭南坡大片的玉米正被镰刀砍倒

施刑者是一些老人和孩子

他们种下庄禾又收下庄禾

同时也被庄禾种下和收去

拖着沉重之躯　我在坝上坐下来

大水茫茫　它们是最初的母语

文字架构的世界日益晦涩屑碎

唯自然保持原始的力量与气象

一股南来的支流在堤下交汇

一清一浊　界线那样分明

我突然想起入土许久的父亲

突然想到　很多事物都秋天了

白杨树　向日葵　天边的胡麻

跑过河堤的男人和女人

哀苦无告的亡者

秋天是一座法庭　等着我们

无力的辩论

牵牛子开了

今天早晨　在去温榆河的路边

一些牵牛子开了

这些又被称作狗耳草黑白丑的花儿

开了一路

想起有一年

从西宁到郎木寺

公路两边也开满了它们

一丛一丛　沿循化　过双城

像执意赶赴神的约会

我猜想　植物的心里是有神的

它们怀里都有一卷羊皮经

而我们早已没有

只剩一部血泪仇

从温榆河回来时
我看见这些又叫小儿羞的花儿
都伏下了身子
像旺吉终于到达了经筒
安详而空无

小满

在农贸市场的入口处

有一家外乡人的瓜果店

彤红的苹果　翠绿的西瓜

粉嫩的桃　金黄的杏

都不及它们的主人好看

买瓜果的客人喊

小满　来个脆甜的西瓜

小满　给你零钱

我知道了　她名字叫小满

我听到这个名字这天

正好是二〇一六年的小满

温榆河上那棵女贞开了

这一整天　小满借小满的清风

把凌乱的头发不时捋一捋

店里的瓜果争奇斗彩

她把它们从头擦拭了再淋一淋清水

把它们的尖叫安顿下来

客人不多的时候

小满爱把柜上的玻璃

擦得像没有玻璃

仿佛便于看清

梅子甜杏白兰瓜们的身世

它们白茫茫的来路

没有边际

眼睛是有罪的

天快亮的时候做了个梦

看见我和妻子各奔东西

婚姻空洞　徒有虚名

刀子和剪子互为表里

某日去温榆河边郊游

温榆河已经没有榆树

河面只有发绿的漂浮物

漂流瓶也是空的

再无托付情人的书信

夕阳坐过的码头美好　古老

布满了血腥

就在昨天　在去往西站的公交车上

我看见一个空位上铺开一张报纸

它庄重的头版是一篇社论

风驰电掣的公交车载着这条关于人民的消息

像载着一片祥云

同时我看见每一位光鲜乘车者

都缀满了补丁

我的眼睛是有罪的

你的瞳孔也是

温榆河

这是这个五月里

第三次来这里了

一条并不干净的流水

令人如此牵挂

没有渡口的河流是忙碌的

两岸的风物和人烟

有相似的奔波

河水的对面

是一条繁华马路

只有碰到红绿灯时

它才会稍作迟疑

而一群背着编织袋的流徙者

与温榆河上的浮物一样

并不知道将流向哪里

再盛大的流水

都将消失于地表

两岸裸露的干河床

正说出端倪

我们对流水的无奈

一如对自身的无奈

禀性　阶级　出生的朝代

温榆河不舍昼夜地流过我们

并不能教给我们一些课程

只是你在水面照过影子之后

它将变得更加喧腾

范雨素

1973 年生，湖北襄阳市东津镇打伙村人，目前在北京做家政工，著有小说《久别重逢》。

树下的娃娃 [1]

知识长什么样子

大雁在天上写着个一字

村里的娃娃在树下咿咿呀呀

聪明的人长啥样子

大雁在天上写着个人字

村里的娃娃在树下想着妈妈

城里的妈妈

抱着谁家的娃娃

村里的娃娃

在树下想着妈妈

---

[1] 本诗由许多作曲，收录至北京鸿雁社工服务中心制作的专辑《生命相遇》。

风儿轻轻吹　　花儿静静地开

村里的娃娃　　在树下等着妈妈

大雁　　大雁　　请告诉妈妈

我要快长大

我要去城里见妈妈

他是丁平平

他是丁平平

他爸爸从礼县来北京打工

他妈妈从秦安来北京打工

相识相遇生下他

他是丁平平

他已二十岁了

他说他的妈妈

在他四岁那一年

跟一个男人走了

爸爸把他送到堡头的全寄宿幼儿园里

他是丁平平

他在皮村的一所打工子弟学校读书

他的成绩尤其好

他说他每天放学后

一个人待在出租屋琢磨课本

他的爸爸在高高的脚手架上

他是丁平平

他长大了　他辍学了

他说是因为上了初中，英语不好

不想上了

他是丁平平

他在保安公司做队长

穿着制服

月薪六千

他是丁平平

他从小到大

孤零零地长大

李若

河南信阳人，打工十多年，从南到北。热爱文学，偶尔舞文弄墨。

桃子

八月

桃子熟透了

从树上落下来

掉到地上

农园里的鸡

飞快地往那跑

和我们抢似的

吃多了桃的鸡

眉清目秀的

下的蛋也好吃

有滋有味的

鸡肉也好吃

细皮嫩肉的

炖的鸡汤

香喷喷的

下次

还要到桃园来

吃桃子

牙齿

那一年

我二十岁

正在鞋厂里夜以继日

一天夜里

我做了个梦

一颗牙齿松动

用手一摸

掉了

血击穿我的手掌

同事说

做梦掉牙不好

打电话回家

父亲病了

今年

牙齿

真的要掉

左右摇晃

食物不小心硌到

就像咬了个石头

疼得眼冒金星

我已想好

那颗陪伴我多年的牙齿

也折磨了我许多年

我不打算报复

就把它放在父亲的坟前

让它陪伴父亲

姐姐

姐姐找到了一份好工作

工资一天一百二

加班还可以拿更多

我欣喜若狂

学费终于有了着落

那天晚上

我去姐姐打工的地方

站在车间门口向里张望

昏暗的灯光下

沙尘弥漫朦朦胧胧

机器声震耳欲聋

口罩、手套、连体防尘服

晃动的人影

大家一样的武装

连性别都分不清

是不是细菌部队

不对不对

这是家具厂打磨车间

久久地站在门口

像一个被世界遗弃的孩子

我大喊一声姐姐

哇的一声哭出声来

嘴咧得比裤腰还大

替我照顾你

带回一台微波炉

这样

你干完活的时候

就能吃上热饭

妈妈

我不在家的时候

让微波炉给你做饭

给你买一个按摩器

每当你腰酸背痛的时候

你就把它插上电

让它给你捶捶背揉揉肩

妈妈

我离开家的日子

让它缓解你的压力

送给你一台收音机

晚上就有人的声音做伴了

妈妈

我不在身边的时候

让它唱歌给你听

给你讲笑话

陪你说话

妈妈

我所能想到的

就是

我不在的时候

让冰冷的电器

替我照顾你

一只宁死不屈的鸡

家里有一群鸡

两只公鸡和十只母鸡

公鸡性欲旺盛

每天追赶母鸡

一只小母鸡天天在鸡窝里

不敢出去

好不容易撵出去

却发现死在了外面

解剖发现

鸡心有乒乓球大

妈妈说

心都跑炸了

这是一只

宁死不屈的鸡

树桩的爱情

那一天

你躺在路边

我捡到你

如获至宝

你身上的刺

扎破了我的手

我在猜

你是玫瑰

还是月季

你开出来的花

是黄的

还是白的

我挖坑

浇水

期待你

开枝散叶

来年春天

你许我一树繁华

过去很久了

你沉默不语

任满腔激情

困在包裹的树皮里

憋出内伤

直至枯萎

至死不说

我爱你

感冒的白菜

晚上

气温更低了

树枝都冻得直叫唤

冷气

雾霾

病毒

像千万条小蛇

往身体里钻

阿嚏阿嚏阿嚏

我一一把它们从嘴巴里打出来

这鬼天气

硬生生把人冻感冒

想让我买药

没门

我把寒冷气得

瑟瑟发抖

冬天

最苦的

是穷人

年轻的

年老的

冻病

大白菜

冻烂

机器·人

机器

加点油

通上电

开始工作

人

管个饭

给点钱

开始干活

机器陈旧了

淘汰

人年龄大了

滚蛋

人和机器一样
都是赚钱工具

我在大好的春天荒废

我走了很远的路

和村里婶子们一起

去山上采药

春天睡醒了

天葵子

青木香

蒲公英

苍术

茜草

细辛

地黄

纷纷嚷嚷着出来

这叽叽喳喳的春天

它们的功效

我还不知道

就成了我篮子里的宝

站在山顶

春风拂面

大地苍茫

整个春天都是我的

婶子们说

年轻轻的不去外面打工

和一帮子老太婆

浪费时光

手里的青木香

一点不香

倒是苍术

路过的地方

一路芬芳

浮萍

我是漂泊的浮萍

没有方向地顺水前行

因你无法扎下根去

一阵风就会吹得无踪无影

我是漂泊的浮萍

但我没有孤单悲伤地独自前行

白天有一朵朵倒映在水中的白云与我相伴

夜晚有星星月亮看到我的向往

我们汇聚在一起的时候

也是一道赏心悦目的美丽风景

刘玲娥

1978 年生，甘肃镇原人，北漂。从网络接触并
爱上诗歌，这是一个穷人收获的一笔精神财富。

父亲节

成熟如五月的麦田，祝福在旷野散发着麦子的香气

乡下的父亲今天都在收割

每一粒麦子都献上它小而饱满的粮仓

父亲，你也是，从暮色里返回

当你蹚过翻滚的麦浪，在光阴的尽头停留

时间苍白如纸

多么希望你能再爱一次人间

可是，世事无常

即使在一首诗里，也找不到祝福的断章

多么悲凉啊！我的父亲

多想让你再忍一忍疼，咬紧牙关，在字里行间活过来

可是，所有的词语都已失声

当我触到爱，你已不在

我终究还是无能

在这美好的日子里，看大雪将良田覆盖

你

越

埋

越

深

在内分泌科

一位病人大声哭叫："天哪！救救我吧！不想活啦！"

不知道，什么样的疼才让人万念俱灰

不知道，什么样的天才能救人于死地

见过太多这样恨病的人，呼过天，唤过地

天地都默不作声

我也是，向上天求救过

我的父亲，在急救室，突发脑溢血

至死，也没有把一声"疼"字喊出来

安慰剂测试

她承认自己有求生的欲望

和对死亡的恐惧

在十二层的高楼里

她坐在药物临床实验室安静地等待

护士们将要从她的骨头和血细胞里

抽出让更多人活下去的因子

要从她的内心唤出春天和鸟鸣

用她饱满的年华和阳气，交换

生命再一次的奇迹

唉！一种金钱的诱惑

她要从中缓解自己活着的饥渴

她要从死亡的边缘逃向水深火热的生活中去

但是她真的病了，她需要六千元安慰剂治疗

六千元

让她膨胀的一根血管

背负对尘世欠下的债

望着窗外繁华的尘世，她又一阵欣慰

她将要脱离长期承受的无形压力

欣然接受钢针扎进血管的动力

护士说：

"有点疼啊！忍一忍，很快就抽完了。"

她看着护士一管接一管把血抽出来，放进试验盒

其实，这点疼根本不算什么

疼才是活着的真相

被揭开的伤口远远不抵生活的疼

有些病，种得太深了

有些疼，已深入骨髓

有些人，早就丢失了自己

以至于用任何安慰都施救不了

一个人对眼前的憧憬

死去的心

离故乡

银针细麻线，针眼穿，针尖缝

离故乡的人，心绪千疮百孔，

思念是一块块补丁，疗了旧疾，又添新愁

走了，走了

故乡是一腔子宫，一次次别离，都是阵痛的分娩

远了，远了

九百六十万平方公里的土地上，马沟村是娘胎里的一枚朱
　　砂痣

天涯海角总能走到尽头，为什么总也走不出麦粒大的马
　　沟村

背井离乡是一个词，也是眼窝的一口深井

枯了，枯了

还想哭

还想——哭——

露

先于清晨的是人间的一颗甘露

行走在这个世界的一株草先于一颗露珠，在黎明前抵达

而整个早晨都清晰地映在一颗露珠的眼眶里

晨曦下，露珠在草尖碧波荡漾

它用内心流水的声势制造了一个翻江倒海的清晨

立誓为草出生入死

这一切都被我窥见

此情此景，幽静处巨大的力量洗涤了我的柔情

耻辱多么赤裸，在生长与死亡交会的这一刻

想起我曾经的青春年少，像露珠悬挂在青草之上滑落的那
    一瞬

巨大的力量让我内心高过风月的年华日落西山般塌陷

眼睁睁，这短暂又漫长的一生

从美好的时光中

跌落

圆通寺的风

风来

吹石缝里钻出的一株小草

吹檐角悬挂的一串铃铛

吹寺院里的一棵枯柏

吹小僧挂在草绳上的袈裟

吹菩萨的软心肠

吹祷告者的眼，吹发如雪

吹手心里的沙，吹寂寥

吹香火，吹灰飞烟灭

吹人世，吹虚无

芦苇

风，让它完成了匆忙又慌乱的一生

无限延伸的白，茫茫一片

像一个蹉跎了时节的赶路人

生出的白发

白，是她空荡荡的内心

唯一发光的部分

秋日的一个下午

妈妈把最后一颗土豆挖了出来

她用了整整一个下午

最后坐在一堆藤蔓上

嘴里念叨：一下老了，一点力气都没了，成个废人了

傍晚的阳光懒散，已经没有足够热能捂住这块庄稼地

晚风吹来，撩起妈妈蓬乱的白发

她像一堆藤蔓中枯萎的一根

我依着她疲惫的身体坐下来

像成堆土豆中的一颗重新结回那一根藤蔓上

马沟村，马沟人

马沟村

马沟人怀中一块干瘪的骨头

骨髓里喂养的瘦马

多少次放下又拿起，缠绕在心头的牵绳

拴不住又解不开魂牵梦萦的愁

多少年，干涸的小山沟围着巴掌大的一块地

多少年了，世代抱着啃

苦啊！思维逾越不了命运的土墙

世代的犁铧轮回翻耕

多少年在泥土里扎根的马沟人

守着马沟村这块贫瘠的黄土地

脉管里的血流不出遏制命运的掌纹

在此活着，就此死去

阳光照进火车

下午，阳光突然照进火车

我全身顿感温暖，好似乡下的亲人远道迎来

从窗口伸进一双大手抚热了我

她用同样的动作焐热火车里每一个人

你看，他们脸颊泛出红晕

贪婪地享受人世额外的恩赐

我也看见她焐活了枯树上冻僵的灰喜鹊

把窗外的雪焐出了一团火

把路过的风焐得温顺

把冰冻的湖面焐出了动荡的水波

把凸出在冬天的石头焐成了一尊佛

把大塬上一个孤独的坟丘焐成行走的样子

把一段废弃的铁轨焐融了

把时空下的碎片焐得透明

把伸向前方的路焐出了家的温度

把炉火里的煤块焐燃了

把酒焐滚了

把我的伤口焐愈合了

我是多么热爱这温暖的景象

就像爱着生命的列车决绝驶远

黄昏下

逐渐冰凉的人间

无法阻止的悲伤

幸福

几颗沾着泥土的萝卜，叶子青绿，被女人抱进厨房

同时抱进的还有土地的馈赐、人间山水、田园的喜悦

这一切成就了一个女人，拥有厨房的半壁江山

她点燃烟火，炉膛是幸福的

火焰映红皱纹，衰老是幸福的

水沸腾的跳动，锅是幸福的

女人忘却的忧愁，日月是幸福的

她拿刀切萝卜，割破手指，疼痛是幸福的

多么幸福的一盘萝卜

一家人围在餐桌前

幸福——拂过他们

清晨

她擦拭完落下的尘埃

玻璃、地板、桌椅、旧瓷器……

连同整个屋子流动的空气和光阴

一切都是新的了

新的一天她抱回一捆青菠菜

连同往日琐碎的小烦恼

摘除掉生活中腐烂的坏日子

一切都是新的了

阳光轻拥她、她爱过的花朵、花朵上悬挂的露珠

年少时的梦幻与童真，连同枯萎的年华

一点点从指缝漏掉

一切都是新的了

新的一天从清晨出发

连同这个世界的欢喜

和悲伤

雪，像人一样活着

太寂寞了吧，你才来到这个苍茫的人世

要来就来吧，人间赐你江山

我不拒，引你入诗

不过，在一首诗里，就跟人世一样

必须认定做人的宿命

守着诗里的孤独

忍着一首诗活在人间的疼痛

再疼也不要喊出来

就像我

这些年，没有喊出声的

是体内积聚了太多的雪，一直

没有消融

李明亮

安徽宣城人，曾为乡村教师，二十世纪九十年代末南下深圳打工，现漂泊于浙江台州。曾获《星星》诗刊全国首届农民工诗歌大奖赛一等奖。

二姐

当你们都在说着荷花

我想起了我的二姐

那年，她把一块稻田变成了荷塘

秋冬时节，她在泥水的深处

抠出生脆的肢节

天黑了，还在池水中洗濯

月光下的白

刚过半夜，她就起来了

挑着一担藕

走过田埂、石子路，翻过好几座山岗

把两筐土腥气放在街边

其实上街

可以搭乘拖拉机

也可以走一段田埂到公路

再坐大篷车

但我的二姐，挑着担子

在夜色里走了十几里小路

她要赶在黎明前

赶在拖拉机和大篷车之前

抵达她的目的地

缝脚跟

春节时回老家

母亲的脚后跟皲裂了

让我去给她买一盒瓦壳油

并说：

我的大舅舅，叫王道金

是个砖匠，他打的灶很好烧

有一年冬天来我们屋里打灶

脚后跟冻皲了

裂开一个又大又深的口子

路都不能走了

你奶奶就用缝衣服的针线

帮他把裂开的老皮

像缝衣服一样，密密地

缝得平平整整

你奶奶

还做了一双鞋子送给他

要是他还在

今年一百零三岁了

我第一次抱母亲

我们走在山冲的田埂上

快到奶奶坟头

有一条流水的小沟

姐姐先跨了过去

我见母亲有些迟疑

便脚搭沟的两侧

抱起母亲，一下把她悠了过去

有些重，又有些轻

此时，万物清洁而明净

绿草铺满了先祖的屋顶

摸黑扫地

我的白天，都交给了工厂

夜幕下那间小出租屋暂时是我的

在小出租屋里

我有许多事情要做——

屋内的东西各就各位，衣服叠得平平整整

把墙壁的灰尘和地面的垃圾清理掉

让从门缝钻进来的小蚂蚁可以大摇大摆地走

最后把自己放在澡盆里

用清水把整个夜晚都洗得纤尘不染

完成这些后

我还要到屋后的小院子里

摸着黑，仔细扫一遍

扫完之后，我还要把衣服洗了

在院子里晾着

即使风把它吹下来，落在地上

也还是那样干干净净

中秋节，在出租屋打死一只老鼠

月饼的味道弥漫大街小巷

在这田畈边的工业区厂里都能闻到

下班了，满是油污的工服沾满香气

拐过露露洗发屋钻进小巷

那间清冷的小出租屋像往常一样等着我

钥匙打开杂乱

我看见一双滴溜溜转动的黑眼睛

他与我对视，没有说话

我随手拿起一根竹棍

让他在我大摞的书、棉被、木桌上来回跳跃

最后缩到床下最深的角落里，等待占卜

我用竹棍戳他的胸膛

并看他做出最大的努力踉踉跄跄来到门边

朝窄窄的门缝外打量

我使劲用竹棍把他站直的身体盖倒

我看见一双小小的黑眼睛

对我说了最后一句话

在把竹棍靠立墙角的一刹那

忽然有热泪溢出我的眼眶

在这万家举杯的佳节

他是唯一拜访我的客人

或许，在这间出租屋的哪个角落

还留有他为我送来的一瓣月饼

自制绿豆芽的过程

拣选几把绿豆

浸泡二十四小时

再找出一个大号旧电饭煲的内胆

在下面垫上湿毛巾

把豆子在上面铺平

豆子上覆盖几层纱布

再往纱布上淋些许水

最后盖上盖子

（然后每天往纱布上淋一次水）

它们在黑暗中

萌芽，抽出自己的身体

生脆的腰肢修长而圆润

到第四天傍晚

纱布已被顶起至锅口齐平

甚至有鹅黄的嫩叶逃窜出来

如同迎风招展的头巾

轻轻掀开纱布

一根一根拔起它们

赤条条的

多么干净

露天电影

都站在那里，或骑在自行车上

一只脚点地

除了放映机旁边的一条长凳上

坐着的两个本地老头

稀稀朗朗，百来个人吧

在城郊工业区的一块荒地上

他们正在看露天电影

我去的时候，头场打鬼子的电影刚结束

人群里说了几句四川话河南话安徽话

但没人走

甄子丹，吕良伟，古天乐

警匪，毒品，密林，肉搏，枪声，鲜血

他们一个个站着，把心提到了嗓子眼

把异乡和故乡都忘得干干净净

今天是"五一"国际劳动节

白天，他们在工厂的机器旁站了一整天

刚刚，他们享受了一个站着的夜晚

赶夜路的乞丐

他匆匆走在公路的一侧
像个回家的人

肩上搭一个蛇皮口袋
手里是一个搪瓷缸和一根竹杖

一辆汽车飞驰而过
强光掴在他的脸上

明亮而温暖的光影里
他用手指拢了拢头发

折断骨头的人

你连着砌了十四个小时的红砖

（中间用十分钟吃了一份三块钱的快餐）

从脚手架上飘下来

幸好下面有一堆黄沙

幸好只是摔断了一根腿骨

你，痛

泪水从断骨处漫到眼眶

打湿坐在病床边的妻儿老小

不要说什么赔偿

一大沓的药费单

算谁的还不知道

你慢慢地睡着了

在梦里

你看见，低矮的故园

正压在一根挺直的断骨上

夹板和绷带，正在脱落

它们分别长出了水稻和炊烟

躯壳

看着一套连体的衣服挂着晾晒

我就感觉，是一个人吊在那里

只是魂暂时抽离了

他躲在旁边的草丛

或屋檐的阴暗处偷窥

他多想奋力跑上去

一把从衣绳上

摘下自己

草丛里的扁担

葛粉、干蕨菜、笋干、豆腐乳、铡辣椒、酸豇豆

还有屋后菜园的各种蔬菜

每次回到故乡，特别是端午时节

离开时，父母总会把这些塞进两个大蛇皮袋

袋口系上绳子，再找来那根一头弯的毛竹小扁担

挺着腰板，为我试一试两头的轻重

七里山路，我挑着担子

累了就歇一会儿，偶尔回转身

望一眼山冲尽头渐渐模糊的屋顶

快到公路边时，我就按父亲说的

把扁担藏在草丛深处

它温顺地躺在那里，沾满露水

密密的叶子簇拥着——

有的长着细细的茸毛

有的就是一把把锋利的小锯子

不失时机地在我的手臂上留下记号

等我重返他乡

扁担也被父亲领回了家

它立在门后的墙角

脸上蒙着灰尘，和一只蜘蛛成为知己

下一个端午，多么漫长

大姨

一

水稻扬花的季节

舅舅去世了

大姨说：我走的时候

你们都要回来呀

玉米铺满打谷场的时候

大姨去世了

她躺在空荡荡的六间瓦房里

三个儿子两个女儿

正从城里匆匆赶来

二

村头的菜地都绿油油的
只有大姨门前的那块荒了
那深秋的杂草，灰白杂乱
就像大姨的头发

她丢下菜地，丢下菜叶上的青虫
丢下儿孙，丢下孙子的玩具
缩身于一方小小的天国
静静地守着壮年离世的丈夫

旁边，也是大姨的一块菜地
三个儿子挖了几筐新鲜的泥土
覆盖母亲的一世，看上去
多么粗糙

清明节

从湖北下江南的先祖

到前些年去世的奶奶

在他们的坟前，我们挂起纸幡

燃香，烧黄表，放爆竹

最后，跪在地上磕三个头

此时，春日正暖，鲜花正开

田冲里的嫩草刚刚成片

两边山坡上的树木郁郁葱葱

那些鸟雀，一声一声漫不经心

这是多么平常的一天

我们还活着

那些亲人们

还是像去年那样

轻轻沉睡

在异乡死去的人

如果能躺着回去

那真是很幸运了

在熟悉的乡音里最后一次睡去

在一抔黄土里

用二百零六块骨头写三个字：

回来了

更多时候

他们和异乡的尘埃一起

在一缕青烟里

让风，把一粒粒细小的心结

往故乡吹

喜欢

那些离大地近的

熏染着泥土气息的事物

都是我所喜欢的

无论是苍翠的植被或低矮的云朵

还是羸弱的枯草或淌着冰凌的河水

无论是辛劳的走兽鸟雀或游鱼蛇虫

还是扑面而来的飞蛾或耳边的一声惊雷

只要它们终究会落回地面安家

我就没有理由不喜欢它们

星星

暮晚，走在大街

一抬头，看见一颗闪亮的星星举在高空

但似乎又不是特别高

——是飞机在航行？

但似乎动也没动

——是微型飞行器悬停在拍摄？

但我走了一段路再仰头

它似乎仍然寸步未行

走了好远，再抬头

它依然在那里高高地照耀着

它应该还是一颗星星吧，我想

它今天只是想俯下身子

看看这个，越来越暗的

人间

小海

1987年生，河南民权人，一线工人，打工二十年，现为二手服装店员。业余写诗、做音乐、演戏剧，自印了诗集《工厂的嚎叫》和非虚构文集《温榆河上的西西弗斯》。

王大夫

这儿的空气总让我感到呼吸困难

我觉得有两头雄狮在我的胸口决斗

我越来越感到浑身没劲儿

那叫青春的玩意儿就那样弃我而去

大夫　我现在变得怎么睡都睡不醒

我现在还是怎么看都看不清

这么多年得不到一点儿缓解

而且好像还愈演愈烈

他们说我已无可救药

我知道你或许是我最后的救命稻草

大夫　放我进去　再带我出来

大夫　王大夫

你可知我现在不想打针也不想吃药

只想得到她一个温暖的怀抱

大夫　王大夫

你可知我现在不想抽烟也不想喝酒

只想开心地牵着她的小手

我将白花花的光阴无尽地挥霍

我将空荡荡的雄心深藏在谷底

上个春天的欲望就像是夏季将尽的跳蚤

咬得你奇痒难耐又不敢去挠

大夫　我慢慢开始沉默

我慢慢学会胡说

当我站在清晨的路口

凝视着正在地平线上升起的太阳

可我还是没有一个方向　这让我觉得很糟

大夫　这里实在是索然无味

你有没有听到我左心房的小鹿乱蹿

饥肠辘辘地奔腾在草原

却怎么也嗅不到那一种从未嗅到过的芬芳

大夫　这回可真是病得不轻　我要你来给我治病

大夫　王大夫　我现在已不能再熬也不能再等

你可知我的心总在一刻不停地为她疼痛

大夫　王大夫　我看到大风在刮大雨在下

你可知我青春的血液正在渐渐凝固

大夫　王大夫　不要再让我痛了

快带我离开这个鬼地方

让我把那件厚厚的外套脱掉

大夫　王大夫　王大夫

我知道你能解决我所有问题

你最知道我现在不想吃肉只想喝汤

我现在不想吃肉只想喝汤　你最知道的　王大夫

中国制造

我们制造了收音机　汽车　电脑显示屏　苹果7

我们制造了耐克　彪马　英格兰运动服　阿迪达斯

我们焊机板　插电阻　打螺丝　安装马达保护器

我们做袖口　装拉链　上领子　把羽绒服里外都对齐

我们和机器做朋友　与产品谈恋爱

分分合合　合合分分的那些年

仰仗青春好时光

谁也没有离开谁

可产品永远都年轻

我们却已经老去

流水线不但制造了产品

也制造了我们一成不变的　青年生活

机器越来越热

我们的心　却越来越冷

猛回头　猛回头

我年复一年的车间生活

也成了奇特的　中国制造

猛回头　猛回头

一批又一批的少男少女

也成了独特的　中国制造

追问

傍晚 我追踪一只蝴蝶

我想知道它如何在滚滚的光阴中辨别黑暗和光明

我想知道它如何在仲夏的子夜里抵抗浓稠的迷雾

我想知道它有几个家是不是每晚都在陌生的地方栖息

我想知道在城市边缘的喧嚣中它为何能睡得如此静谧

我想知道它如何在落雨的清晨张开翅膀如果荒废白日它是

　　否心存愧疚

我想知道它和昆虫这个庞大家族的宗亲关系

我想知道假如有它的荣誉和使命体现在哪里

它亲吻过的每一株野草每一枝花朵是不是有同样的味道

我想知道它每越过一座山一条河领悟到的是怎样一番心境

我想知道太阳下和月色中它受过怎样不同的蛊惑

可我独独不愿知道它在春天如何出生它在夏夜因何死亡

因为一只窗外的黑蝴蝶从庄周的梦里逃逸正不可阻挡地蹿

入我的梦中

中国工人

我是一名中国工人

世界的每个角落都有我们的兄弟姐妹

也许是出于有意　也许是迫于无心

可我们都真真实实地站在这里

用插秧割麦的双手来周游世界的风云

我是一名中国工人

钢筋水泥的欲望大楼里圈养着我们的廉价青春

春夏秋冬的变迁不属于我们

粮食和蔬菜也不再需要我们关心

我们所能做的只是将 Made in China 的神秘字符疯狂流淌到

　　四大洋和七大洲的每条河流与街道的中心

再用那一张张单薄苍白的工资单

来换取一张张年关将近时想要归家的票根

我是一名中国工人

任三点一线的日子在光阴的齿轮中爆裂翻滚

那漂洋过海的集装箱码头装满了我们瞬间的追寻

内心的星火呼啸而来

暴雨入胸怀　　大风吹不尽

于电闪雷鸣中我扪心自问

何时给自己一次生命的彻底狂奔

八千里太远

三千里太近

我们在这九百六十万平方公里的广袤土地上连夜生存

我来自农村

你来自乡镇

我们同在这繁华如梦的坚硬大都市里赤脚打拼

随着中国制造的强大崛起

我想给大洋彼岸金发碧眼的雅皮们写封信

一封无处投递的信

告诉他们春天的花朵有多艳

告诉他们空中的鸟儿飞多高

告诉他们那地面上行走的人啊

穿得看似有多体面

嗨　真让我们羞惭

我们在车间的温床上无地自容恍然入眠

不知怎么就毫无征兆地从梦中惊醒

满怀的不解

钻心的疼痛

我更想要问问他们

为何黎明的太阳布满了乌云

为何雨后的天空没有了彩虹

为何城市的夜晚亮如白昼

又为何曾浩浩荡荡的河流里如今却尽是金光闪闪或荒草丛生

那里长满了磊如长城的中国工人

长满了漫山遍野的中国工人

长满了手握青铜的中国工人

长满了吞云吐雾的中国工人

长满了铁甲铮铮的中国工人

长满了沉默如谜的中国工人

长满了中国工人

长满了中国工人

……

我是一名中国工人

在深圳

这是宇宙的一个点——地球

这是地球的亚洲

亚洲的中国

中国的广东省

广东省的深圳市

深圳市的龙岗区

龙岗区的横岗镇

横岗镇的简龙村

简龙村的中诺基电子厂

工厂里的二楼装配车间

车间的三号拉上

三号拉的第二十五道工序

我日夜坐在这里

用电烙铁将所有的

青春　理想　孤独　憧憬与迷茫

统统都凝固在一个个叫电阻的点上

花生家族命运史

在故乡的所有农作物中

我最喜爱花生

它质朴　纯白　在泥土里扎根生出油汁

或许是因为它好吃

抑或是因为它开黄花

可我不知道怎么描述自己的命运

如同无法准确描述一颗花生

打工许多年后仿佛才明白

自己就如同一颗颠沛流离的花生

被浸泡　被油炸

或和一帮叫毛豆的兄弟一起被煮

抑或被他们加工成产品

锁进塑料袋里

珠江　珠江

珠江　珠江

我在一个灰色电阻里

听到你痛苦的喊叫

珠江　珠江

我在浆洗的牛仔裤中

看到你模糊的血肉

珠江　珠江

你穿上了时代华丽的外衣

任凭自己的肝肺被他们掏干挖净

明月高悬的夜晚

我听到了你灵魂千疮百孔的呻吟

珠江啊

我的父兄

黄沙大道通向你

深南大道通向你

东莞大道也通向你

无数条大道在你的血管里交错纵横

可我车间里的兄弟姐妹

却长久迷失你的怀抱中

他们在被砍倒的荔枝林间

在水泥浇筑的工业大楼里

在传送带转动的流水线上

在白炽灯凝固的青春岁月

也在你被污染的

被堵截的

被切割的

霉变细胞中

一遍又一遍地找寻着

归乡的不归路

打螺丝的女工

白天打

夜晚打

上班打

加班也打

一天要打两万颗螺丝才能完成生产任务

工厂遥控着主管

主管呵斥着员工

工人紧握着电批

电批挤压着螺丝

螺丝冲击着螺纹

螺纹弯曲旋转着钻入螺孔

如同钻入一些人无底洞般的花花肠子

打螺丝的女工

用她特有的柔软抵抗生活的坚硬

时间在车间单调苍白地重复

螺丝在惯性里旋转

女工的容颜　爱情　理想　家庭

渐渐被无数颗螺丝钉淹没

淹没腿

淹没腰

淹没嘴唇

淹没眼睛

直到淹没最长的一根黑发

成为白炽灯下机械的隐形人

南方的蚂蚁

加班的蚂蚁

在南方的高山榕上

爬来爬去

带着独特的暗号

用触角接触彼此

安慰彼此

呼朋唤友

沾亲带故

仿佛没有痛苦

也无须幸福

在南方的高山榕上

爬来爬去

被日头照白

又被月光涂黑

也依然没有味道

没有颜色

没有了脾气

密密麻麻

成群结队

没日没夜地

在南方的高山榕上

爬来爬去

一个不称职农民的自白

我是九年制的学生

做了家中十年的半个劳动力

是打工十六载的车间工人

麦穗和电池片

几乎是我青春生命的全部记忆

而今我三十二岁

忽地想想自己的身份

依旧晦暗不明

是学生

是工人

还是一个依然在做梦的

不入流的诗人

也许这些都是过去式

或正在成为过去

归根结底，我或许只是一个

不称职的农民

城中村鸡事

冬日　冷清

铁笼子里六只鸡　挤压着

其中一只瑟瑟发抖

前胸和一边翅膀的毛

快被另外两只鸡啄光

城中村　阴晴不定

不上工和失业的人街上闲逛

三个四川大姐说笑着

挑选了一只毛发齐整的鸡

卖鸡的山东大叔熟练地上秤　放血

尖而小的匕首　硬且冰

在鸡滚烫的脖颈处轻轻一划

不多的血滴滴流出　殷红

然后扔进一个铁桶里

点火　加热　闷鸡在铁桶里扑腾几下

便没了动静

水越热　毛越好拔

取出鸡唰唰几下　毛被薅干拔净

褪去鸡爪蹼　开肠破肚　两分钟工夫

一只三斤多的裸鸡

头耷拉腿直挺

雕塑一样

装进一次性塑料袋

成为晚餐

别的鸡还在笼子里继续

啄那只瘦弱的鸡

它的身子抖动得更厉害了

眼神中已看不出惶恐

旁边桶壁上的几滴血　刺眼

起风了

卖鸡的大叔沉默　抽烟　裹紧绿大衣

偏西的太阳被风从乌云中拽出来

露出一片夕光

那光　偏冷

照着铁笼子

照着灰扑扑的街道

照匆匆行人

元大都遗址上

走在北土城西路　机车轰鸣

我的心跳被这声响紧紧拽着

火焰从城市内部点燃

灼烧着天空的残骸

烫伤的月亮

升起在众楼之上

像一只眼睛

盯着大地上急促移动

和缓慢移动之物

元大都遗址上白雪覆盖

高高的土堆下

埋着灿烂的晚霞　过期的月色

及让人颤抖的朝阳

石碑上的字早已模糊不清

像我这些年南流北漂的生活

横竖撇捺被铁渍侵染

一如我那西风里吹散的青春

想唱首歌缅怀一下

喉头被团团乌云堵塞

黑眼圈耐寒

藏着众草的根部

不时　温湿的眼眶底

涌出大片大片夜色

野鸭飞过结冰的河

人群三两

在谁遗失于雪堆的表盘上

来了　又散去

花落知多少

大地下面是种子

种子下面是心脏

骨头在哪

高楼下面是河流

河流下面是星辰

血液在哪

山坡上面是羊群

羊群上面是白云

童谣在哪

天空上面是太阳

太阳上面是火光

人类在哪

道路之中生荆棘

荆棘之中生苦痛

歌声在哪

希望之中生失望

失望之中生倔强

爱情在哪

昨天过了是今天

今天过了是明天

青春在哪

开封过了是洛阳

洛阳过了是西安

北京在哪

皮村献诗

把二月盛开的桃花趁着黄昏乱的夜色

献给皮村的街道　高楼和匆匆人群

献给一天十八个小时营业的商店老板

献给理发店白炽灯下衣着时尚的服务员

献给下班归来一身疲惫的梦幻城乡赶路人

献给子夜时分在垃圾箱里两眼放光淘金的拾荒者

我要把一个诗人的热泪和真诚也统统献出来

献出去年冬天旷野中荒凉的月下之冰

献出此刻正从大地深处黑暗挣脱的草籽

献出我那萤火一样飘忽不定的爱情

也献出总求而不得的安心　追而不得的自由

献出这季节日夜不停息来回吹刮的风

献出弥漫我整个青春期漫长而动荡的迷雾

献出黎明太阳在荒坡上流露出的短暂柔情

还有那些曾在痛苦襁褓中显现的擦肩而过的幸福

把那些长久莫名的忧伤和永恒存折里的孤独也一并献出来吧

把黑夜给我的一切都一件不留地献出来

献给欲望之臀般的黑夜

献给浓雾遮蔽的星河

献给福利彩票店里一双双彻夜难眠的眼睛

献给拥抱的哭泣的将寂寞点燃出疼痛光芒的情侣

献给无家可归目光如炬又不发一言的单身汉

献给我住过的戴着类似面具的

深圳　宁波　苏州　上海　嘉兴和北京皮村

徐良园

湖北人，泥瓦匠，有时候被拖欠工资。打工十余年，喜欢诗歌。

求神拜佛

求神拜佛，拜佛求神

从朝阳区到海淀区

从石景山到苹果园

钻过幽深的苛萝坨隧洞

再到潭柘寺

烧香叩头，叩头烧香

一次次自掏腰包

自带行李，自带工具

自带那门破手艺

给那些坐着的佛

和卧着的佛贴金抹银

看菩萨们的脸色

一步一叩首

真佛面前可不敢说假话

我是一个虚伪的俗人

我是一个也想沾点神佛灵气

和财气的小民

我是个智令利昏

不是

我是个利令智昏的家伙

看我都快气昏了头

而你

却揣着明白装糊涂

而你

却睁着眼睛

从不说话，从不说话

让我一次一次

空手而归

空手而归

工地交情

工棚相遇

见面热

摆起龙门阵

好不热闹

酒杯一端

你是江湖

我是大海

大海盖过江湖

你高，我也高

又高又空

比天还空

比天还高

九天云

烟雾满世界

杯碗论交情

你吹我也吹

十瓶八瓶

啤酒吹空了

酒醒了

工头掂着钱跑了

还吹个鸟

一群黑乌鸦

呱呱

没有一句吉利话

骂天骂地骂工头

八辈祖宗翻过来骂

一脸乌鸦色

然后

乌鸦散了阵

骗自己

也曾寄信说在外忙金忙银

也曾瞎吹这美好前程

再就在茫茫人海里沉隐

有时觉得家是那般美好

不想让它为我操心

有时觉得现实很狰狞

不敢言归程

就这样

蹉跎了岁月

荒没了亲情

打发了青春

一个江湖术士

背着个旧背包在行骗

骗不了别人

就骗自己

蚯蚓兄弟

你在地底默默耕作的时候

我手握铁锨沉重地扎向你

看着肚破肠流的惨状

我的心在罪恶地战栗

蚯蚓兄弟

原谅我

我不是富裕悠闲的钓翁

为了一条鱼儿把你绑上钓钩

视作开心

我不是无知乱刨的鸭童

把你扔进贪吃的鸭群

扁扁的嘴

我已沦为这座城市的小工

为了生存

只能挥动铁锹

向地下开战

向无辜开战

蚯蚓兄弟

我伤害了你

我向你赎罪

就让我为你修一座水泥坟墓吧

想开些

蚯蚓兄弟

你生在地底层

活着的埋葬

和死去的埋葬又有什么两样

日子

在南方的酷热

和阴雨中奔忙

这座高楼气派耸立的时候

我又没有立足之地

这就是伤害无辜的报应吧

蚯蚓兄弟

那夜

我做了一个奇怪的梦

梦见自己

变成了一条瘦长的蚯蚓

你变成了

一个高大健壮的农夫

你举着锄头

把我一劈两半

我没有躲闪

那一夜

总管阿泰

长着一对专门盯人的三角眼

没有血色的脸

又瘦又黄

说话骂人的声音

又细又尖

太监总管

我们背地总这么称呼他

太监总管

总管我们上班下班

总管我们只有男工的宿舍

总管我们没有私生活的生活

那一夜

太监总管又过来查房

那一夜

多亏白天车间的铁末子

灌进了总管的眼珠子

一只眼打着疤子

那一夜

多亏寝室一进门老张的臭鞋子

熏得总管捏鼻子

那一夜

太监总管一声乱咋呼

那一夜

躲在黑布蚊帐里的爱人

第一次和自己男人偷情的爱人

吓得不停哆嗦

那一夜

没有点燃干柴烈火

点燃了妻子的泪水

淌满我的胸窝

那一夜

点燃了妻子的性冷漠

进站口

挤

你往前挤

往门口挤啊

你还想不想进站啊

让我怎么说你

真笨　真没出息

急性子老乡

对我说话真不客气

这个火车进站口

浓缩了人生拥挤的舞台

肩碰肩　人挤人

总有人把别人挤倒在地

不管不顾

往前趱

挤到前面的老乡又发火了

你真笨啊

别人都像飞蛾扑火

你笨得像只泥巴田螺

你这样子还在外面混

谁还瞧得起你

温度计

那年月

在广东

我长得干干瘦瘦的

一起干活的

给我起了个外号——

温度计

上班下班地叫

叫得我又是摇头又是叹息

是的

我是一根又瘦又长的——

温度计

那年月

我干过的工头

多得记都记不清

那年月

我在工地上班干活

下班还干活

用我这根温度计

忙着给工头量体温

工头的体温都不正常

不是太低就是高烧

他们对钱的眼神是热的

对打工的人

是冷冷的

哭姥姥

姥姥老了，一个人住在北京的西城郊

那天晚上，妈妈哭着说姥姥去世了
妈妈着急，开着车带我去看姥姥

从城东到城西
两个半小时才赶到
一路上妈妈一直在哭姥姥

可刚到那个老小区门口
姥姥
不是……是姥姥的兵兵扑过来了
汪汪地又叫又跳

我看见姥姥蹒跚着散步回来了

我不知是哭还是笑

妈妈一下子趴在姥姥肩头就哭了

姥姥一下子蒙了

推开妈妈就问道

我又没死你哭啥

我说

姥姥

妈妈刚才说你死了

妈妈才哭了

妈妈给你打了好多电话没人接

妈妈又让对门的阿姨去敲门

喊也喊不开

阿姨急哭了

妈妈就给好多人打电话说

姥姥一个人在屋里高血压犯了

闷死在里头了

所有亲戚朋友都哭了——

姥姥一听就笑了

哭得好

你们给姥姥加寿了

姥姥问我哭了吗

我说姥姥这么疼我

姥姥不会死

我当然不哭了

姥姥一巴掌把我拍哭了

姥姥说

你妈说得没错

姥姥早晚都会死

姥姥活着看你们哭

多好

姥姥死了

你们再怎么哭

姥姥也不知道

虾爷爷

虾爷爷个头不高

人长得黑黑的

背驼得像虾米

虾爷爷一年四季

在门前的小沙河里头捞着鱼虾

小河里的鱼儿个头小

虾爷爷补丁摞补丁的捞兜

笨手笨脚

只能捞点泥鳅和虾米

鱼虾是虾爷爷的命

二锅头是虾爷爷的魂

虾爷爷总缺零钱花

总是低着黑光头

在破木抽屉里

翻得哗哗啦啦

那年月土里长不出鱼虾

土里长不出他贪的那口酒

下雪的大冬天

虾爷爷还在河里头捞

卷起干瘦的鹭鸶腿裤脚

双手冻得像红萝卜

实在扛不住

赶紧掏出兜里的宝贝火柴盒

抠出两只烙红的小虾米

放在嘴里嚼巴嚼巴

鼻子冻得淌清水

掏出扁扁的小酒瓶

仰脖灌一口

又赶紧掏河边的枯草和浪渣

捞出的小泥鳅都快冻僵啦

后来虾爷爷风湿病就发作了

只能躺在床上了

成天疼啊痛啊地喊叫

儿孙都不理他

到临死还在说胡话

他说

一群群

红着眼的小虾米

拿着锯齿尖刀来刺他

他说

一群群长着胡须的小泥鳅

变成黑蝌蚪在眼前爬

一抓就是一大把

虾爷爷就这样不停地喊着

声音越喊越小

虾爷爷小鱼小虾的一生

喊着喊着就没声了

清晨劳动舞

从等靠在轮椅上自我叹息的角落

到拖着扫把站立在这条宽阔的马路上

要穿过世俗善意围起的篱笆

还要穿过自卑牵绊的篱笆

这段路的距离到底有多远

一位腿脚残疾的大姐

用闪跳腾挪的步子

忍着泪淌着汗毅然跨过来了

尊敬的大姐

你来了

跳着独有的劳动舞来了

那些曾经援手的人感到惊奇

那些冷眼旁观的人感到惊奇

就连你自己也感到惊奇

令人惊奇的大姐

开始打扫自己的心地

那里有世俗的闲言碎语

那里有回头路的残余

那里还留着破釜沉舟的犹豫

大姐猛挥扫把——

不扫心地空扫地！

残疾的大姐

跟健康的人一样

颈上搭条白毛巾

跟健康的人一样

挥舞扫把挥汗前进

跟健康的人一样

推着垃圾车时走时停

尽管多了一份艰辛

多了一份磨砺

几百米的鲜花大街

用闪跳前跃的速度

你总比别人先完成

总比别人扫得干净

尊敬的大姐

你有一颗感恩回报社会的火热心

你有一双站起来了

就不愿再弯下去的双腿

你让那些健全人的依赖思想

惭愧跌倒

你让躺坐在轮椅上的懦弱者

咬牙站立

尊敬的大姐
你崎岖的双腿怎么也不能匀称平稳
可你的手用扫把划出弧形
舞出了坚强
舞出了美丽

每天清晨
我走过这条鲜花大街
总能看到你"唰唰"忙碌的身影

自从看到你
我对美好的欣赏
又多了一层新意

在我眼前
一首人生进行曲

和着闪跳的舞姿

比那一片清晨含露绽放的月季

更美，更有魅力！

城里小诗

都说

那一群接一群的

男人和女人

涌向远方的这座城

就是为了用汗水和青春

换些有价值的东西

然而

还有

拿早生华发

去赌几首

小诗的人

李文丽

1968 年生，甘肃平凉人，初中毕业。2005 年丈夫车祸失去左腿后，迫于生计，曾到内蒙古、甘肃、宁夏等地打工，2017 年来北京做育儿嫂，喜欢写作、跳舞、画画。

我的老朋友

有你的时候

感觉你很烦

让我乏困浑身难受

还让我脸色苍白心情不畅

每次我和他相聚

你总是不请自来

横亘在我俩中间

加深他对我的不满

有一天

你突然离开了我

让我感觉自己也和同龄人一样

没有了你的日子神清气爽

逍遥自在

慢慢我才惊讶地发现

离开你的日子里

我就像那秋天的枯叶

在春暖花开的季节

慢慢萎缩凋零老去

忐忑不安中

你又来到了我身边

一如既往带给我

麻烦一大堆

于是

我不知是喜还是忧

在惶恐焦虑中

沉沉睡去

而你

像个调皮的孩子

又偷偷地

在我身下

画一朵娇艳的桃花

如果还有来生

如果有来生

我想要这样一个伴侣

在我干农活的时候

他会让我少干点儿

或者把轻松的让给我

如果有来生

我想要这样一个伴侣

当我们一起回家

他能帮我哄哄孩子打打下手

毕竟家是两个人的经营

如果有来生

我想要这样一个伴侣

如果我把饭菜端上桌

他能给我一个褒奖的笑脸

毕竟我是用心用爱做的饭

如果有来生

我想要这样一个伴侣

在我生病或有困难时

能给我倒杯热水安慰我

如果有来生

我想要这样一个伴侣

当我奔波一年回家

他能给我一个深情的拥抱

如果有来生

我想要这样一个伴侣

遇事和和气气共同商量

毕竟已经二十一世纪了

不要一张口就说

女人是任人宰割的羔羊

如果还有来生

我宁愿孤独也不会再要一个伴侣

人生只有一次

与其耗费时间和精力去讨好他

不如放宽心情去做自己喜欢的事

我多想

我多想

走出户外

去大口呼吸春天的气息

那暖暖的风

带着花草的清香

我多想

还和去年一样

叫上陈姐、宋姐、李妹

我们带着珂珂、乐乐、安安和冬冬

去公园看樱花、桃花、海棠花

孩子们跳跃着、追逐着

微风轻轻拂过

花瓣像雪花般飘落

我多想

卸下心灵的负累和满腹的忧伤

在这桃红柳绿的好时光

放声歌唱

我多想

和姐妹们再次相聚

我们这些年过半百的农村女人

还能有份稳定的收入

去支撑身后的家庭

我多想

发生的那些让人悲伤的事

都是一场场噩梦

不要想起

不再铭记

也不会留下伤痕

我多想

哦，我只是想想

夜晚真是太好了

多年以前

我是多么热爱阳光

它慈爱　无私

照亮地球每一个角落

温暖世界上的万物

可现在

它总是跟我开玩笑

在我忙着做早餐和晚餐时

它就会偷偷地升起和落下

在我擦拭雇主家的地板时

它调皮地在我指缝里跳来跳去

跟随我在厨房

卧室

客厅

卫生间

一遍遍戏耍

却不给我一点接近它的机会

等我忙完了一天的工作

早已遍寻不到它的踪迹

于是我爱上了夜晚

只有在黑夜里

我才是真实的自己

躺在看不到星空的小屋子里

卸下一天的疲惫

蜕去伪装的皮囊

任思绪天马行空自由翱翔

夜晚真是太好了

卸下一天的负累

洗去身上的疲惫

躺在床上

整个世界属于我

听听音乐　看看书

很快就进入了梦乡

夜晚真是太好了

腰不疼腿不酸

耳鸣也不再来烦我

不用做饭不用洗衣

更不用被忧愁困扰

我可以上天入地

在云朵上跳舞　树枝上唱歌

和鱼儿一起在水里游泳

夜晚真是太好了

给我希望和幻想

心心念念的生活

一切都是圆满的形状

夜晚真是太好了

梦里发生的事

让我总想沉浸其中

远离这复杂烦琐沉闷的日子

噢夜晚真是太好了

绳子

1968 年生于苏北乡村，十八岁进入当地国企酒厂劳动二十五年，后因工伤影响劳动能力辞职。曾与友人编辑《工人诗歌》三册，发表诗歌、散文和非虚构作品若干。

机油味的蓝蜻蜓

这里的燃点很低

天空低垂，蒸馏塔接近天堂的高度

一只蓝蜻蜓带来微型的闪电

蓝色的光不高也不低在蒸馏塔

和发酵罐之间穿过

预报中的暴雨会不会来

何淑刚拎着一根几十斤重的阀杆

从第一阶到一百零一

蓝色的闪电并不会让他停留或犹疑

他必须在满罐之前就爬上去

疏通第二只阀门　蓝蜻蜓不理解人间疾苦

它在塔体和罐体之间找到

世界的出口　形而上的手指

很容易将蓝蜻蜓击落

九级风现在准时抵达

蓝蜻蜓在积水中上升

在心中熄灭冰冷的火焰

再高一点再高一点

蓝蜻蜓　它的身体里有一只

小小的加速器

在空气中蓝蜻蜓不能选择滑行

蓝蜻蜓在加速在攀升

蓝蜻蜓是一道鞭影

蓝蜻蜓是一道虚拟的闪电

何淑刚站在高耸的平台

挺起腰杆吆喝一声

终于打开第二只阀门

一个也不放过

必须从一数到十

没人说是或不是。爬梯的和扛钢管的人

没有高低做掩饰了

昨晚他们在宿舍里咒骂暖气

咒骂病毒、打呼噜和脚臭

好像又回到二十年前，一宿舍的人都感冒

吃同样的药，干一样的活

时间的破抹布

又将每个人都擦拭一遍

要不要给何师傅打电话

不用问，徐师傅还是从左边的旋梯上去

从右边的旋梯下来，有时候他得倒提着阀杆

挨个敲着管道检查冻死的或是堵塞的管道

偶尔蹲下来打开排空阀然后再关闭

光不管是白天还是黑夜都倾斜照着他的影子

不是向左就是向右。前几天他还说要买双带绒的

胶皮靴子，估计已经很难买到

抱怨的阿丁

像剥洋葱一样不停抱怨的阿丁

你得一个一个排列组合他的句子

才能听明白他要说什么。像机修工检查故障

打开变速箱的铁盖，习惯性地用长柄螺丝刀

搅一搅蓝色的机油

有时候他得喘口气骂几句

用扳手震几下螺丝才开始干活

其实阿丁的话早就没人听，耳朵都被磨毛了

如果沉默阿丁就不再是阿丁

新北路以西

在小镇边缘　　晒粪大叔

递给小区出来遛弯的退休老工人一根烟

他们放弃了各自的立场和宿怨

一起欣赏城郊秋天复杂的风光

待建的和废弃的厂房都被傍晚的黑暗统领

火车从不远的铁路桥上轰隆隆一闪而过

新戴河下沉的河水激荡着微澜

片段四号

我为什么没有和刘翠玲喝咖啡

我们从来没去喝咖啡

有时我会说翠咱们去喝咖啡

在迪欧的门口约会是件很有意思的事

工友们都笑歪了

我们真的没去喝咖啡

我们天天都说咖啡的事

我们永远不会去喝咖啡

劳动是身体里最黑的部分（组诗）

在塔顶上眺望

我看到的白银堆积到塔顶

我看到的开发区被白银铺满

固体的白云镀亮了钢铁的晨昏

在低处抬头在高处俯瞰

从阴暗的控制室里出逃在塔顶哭泣

我要用泪水冲刷屈辱和锈渍

用布满老茧的拳头捶击浑圆的夕阳

我要听到那钢铁断裂的回声

坠落在几十公里外的湖泊

小酒班里的师傅们

小酒班的蒸汽环绕黑色的梁架

五谷的味道异变为工业饮品

劳碌和贫困在醪糟里要搅拌几个来回

才能均匀地分布到老窖池里

菌群在黑暗潮湿的窖池里密集分化汇合

庄师傅揉搓着一把花生米吹净皮屑

工业的作坊揉搓着古老的工艺

我总是记得庄师傅用搪瓷缸品尝酒头和酒梢

分出中段好酒的样子　小酒班里的师傅们

有着白皙红润的脸膛　我一直以为

他们就是酒神的样子

劳动是身体里最黑的部分

把灯光调暗　劳动是身体里最黑的部分

繁密的管道液体循环往复

白天或黑夜　那么多人在里面出没

在钢铁的回廊上巡查的张飞龙

再也回不来了　他已经失去了劳动能力

一辈子都耗在工厂里　最后的时光

只能躺在敬老院的床上度过有限的日子

浑身伤病　幸好还能刷刷抖音

幸好还能　想想过去

想想失去的家庭和孩子

工厂是有罪的　却亮如白昼

光看到了一切　光没有记忆

光让我看到刷抖音的张飞龙

不忍直视

那些离开的

病倒的

苟延残喘的

工友们

工装下没有男人和女人

曝气器在阳光下旋转　天气正常的情况下

肮脏的水花在天空腾跃

彩虹也是肮脏的　工友们在挖沉淀池里的污泥

恶臭在风中传播　旁边的树木

也是羽毛凋零的样子

也要挣扎着活下去

对　要活下去

要活得坚强打不倒

工厂大峡谷

陈江波催动着钢铁的铲车

仓房空旷火星塌陷　轰鸣的机器

非人类的机体内部

孤独仿佛流星雨怀抱着炙热的能量

黑色的岛屿在虚空中爆裂

黄色的铲车机械的巨灵

在铁的围堵中冲出来

不回答不追问

在工厂在更加狭小的工间

放弃追问　计量泵我更喜欢叫滴注泵

从坚硬到柔软的语意转换难道不是一种卑微的反抗

可是一切都是徒劳　显示器的曲线和直线

让我无法均匀地喘息　对讲机在高处嚎叫

站在塔台上的刘祥松呼叫着

黑罗汉的光芒收敛着采集可能的指数

那高处是更高的天空　星辰在一个人的头顶

形同虚设　他还要小心谨慎地下来

正如从最低处的旋梯登临危机四伏的塔台

春天，微光里的段家巷（组诗）

光照到段家巷

没有灯比 LED 灯更像一盏灯，在段家巷开启

雨夜中的雨更像是一场雨将段家巷弄湿

将行进中的人驱赶，并被灯光找到

坐班车回家的人被领到另外的地方

也许是所有的人都不适合回家

瑞幸咖啡有着惆怅的味道。橘色凳子为何是几何形状

没有一人落座，似乎在等待一个人到来

似乎那个人永远也不会来

我想起小时候，拖拉机报废在荒野里

技术员摔断了小腿，一群人围着村子里

唯一的农机具不知如何是好

光找到能照到的地方

活着也许就是每天要活下去

让光找到能照亮的地方。段家巷不再是一条小巷

段家巷是一束光被雨水运输，一直向前滑行

那天我们在巷子里的小酒馆喝酒，其中一人

开始倾诉，然后开始读他自己写的诗

他的声音不大，而雨也不大

雨滴下沉减速，落到地面后声音缓慢发散

我想去外面走一走，让小朱读诗的声音最好

从背后传过来，又在背后消失

光有意无意都会从脸上划过

段家巷的时间是醒着漫步的人

从南京路转过来，宏基天城的楼下

有几家咖啡馆。我总是很匆忙从这里经过

转到段家巷的后面，我看到大屏幕的

投影，如果我在这里停留

也可能永远都不会老去，青春也许

一直在我的体内醒着，我的白天和傍晚

就是每天都在玩摘树叶的游戏

如果不是抓一把春风谁敢在这里停留

光一路尾随，偷袭成功

老去的人毕竟还是老得恰如其分

因此我想何必再和春风较劲

独自一人坐在台阶上，瞬间的平静和广阔

将凉意向下压一压

光省下的路还是要你向前走一走

此时寂静又将我照亮，我手上有一吨的流水

用来挥霍。或者用来流泪

这是不是值得。人的一生极为漫长也极为短暂

山岗上的星光，江湖的风雪

你在意和不在意都会向你突袭

刚和衡灏打完电话，还得回到江湖中去

再往前边走一走，黑暗就不会那么严密

我也想过过衡灏那种生活，掌灯收菜

站在大路上迎接夜间赶来收货的货车

光每移动一寸影子就会向前延伸

光因为影子循环往复，我惊讶于事物

在段家巷不断重现却又不可复述

我知道世间的事结局也不过如此。唯一的树

在拐角也已面目不清，当年工友老刘

和妻子在树下堆柴、烙饼

鸟儿在头顶做窝，喧闹的巷子里小酒馆司管黑夜

而隔壁的幼儿园只管花朵迎着风儿开放

北斗七星照着段家巷几代人的福祉

我们经常说起过去的时光，说到梦境

说到玻璃上扑火，冰雪在外面融化

我们的头发已经白了，并且还要继续白下去

光不是商业区的霓虹

相对于过去新悦广场还是太大了

新安镇的云一味地白

树木在旁边抽芽，带来露珠和新鲜的氧气

红白相间的栏杆旁边做关东煮的小哥

忍着烟瘾忙打包，白色蒸汽

盘旋着在他的头顶飘散

生活里的味道难免有几分清苦

倒也有条不紊。偶尔匆匆接个电话

笑也是隐忍地在嘴边逸散

小日子的轻盈和沉重，小心谨慎地

轻轻抹去

光不管夜间的雨

回家的时候雨已经打湿了我的小电动车

店铺的灯光蔓延过四层台阶，然后一层一层地

暗下来，人间有那么一会儿安静就不错了

段家巷有温暖的怀抱和温柔的内心

对面的刘文祥麻辣烫还很喧嚣，一伙学生模样的孩子

选择在这里聚会，像一群马儿

互相打着响鼻，表达他们的喜悦和发现

高处的星光空出一个小小的地方

留给不设防的青春留给过路人想一想过往

有心人从这里消失，顺手抹去自己的气息

光渲染过的生活让人一再回想

从一条光线看到日出。每天都在这里

走动，向陌生人问候或见见朋友

或者独自一人站在背街的门口消耗下午短暂的时光

偶尔几只斑鸠从旁边的钟吾公园飞过来

叽叽咕咕几声。我很想抚摸它们柔软的羽毛

很想矮下身体互相呼唤

可这也是诀别的时刻，我们还是太庞大了

充满未知的风险。我们再也不可能重逢

郭福来

1969 年生，河北省沧州市吴桥县张家洼村人，先是在老家的庄稼地里流汗，后来到北京打工，目前是布展工人。

寒衣节

我四岁时

母亲在前面喊

来追我呀追上

我就抱着你

我十八岁时的初夏

麦田如海

霞光似波

母亲在我前面游泳

以挥舞镰刀的

姿势

偶尔母亲会喊我

你个大小伙子割快点

还追不上我这个老太太

我四十岁时

母亲走累了

蜷缩进一个精致的盒子里

我为她建造了

叫作坟的房子

为喜欢花的母亲扎了一顶

特别大的花圈

那时母亲七十四岁

今年我五十四岁了

母亲的墓碑证明她还是七十四岁

我在心里等待

再有二十年

我就追上母亲了

我在温榆河边看到了清澈

我走过了半百的岁月

吃过了酸涩苦辣

如今想想

印象最深的是

知道了绵白糖是甜的

喝过了白酒啤酒饮料

如今回味

最难忘的是

一段喝西北风的日子

听过了埋怨训斥嘲讽

如今细品都不如

温榆河上吹来的微风

摸过了锄头焊枪书本
如今感觉
凉丝丝的河水才可以
洗涤我污浊的心

看过了浓艳杂乱拥挤
如今走在温榆河边
我看到了
辽阔的清澈

我凿穿年轮的墙壁，去爱你

——读余秀华《穿过大半个中国去睡你》有感

我住在桃树

古老的年轮里

你是桃树枝头

粉红色的花期

我日里望着你

夜里梦着你

即使天上有雷霆

人间有斧锯

谁也改变不了

我对你汹涌的爱意

我要凿穿年轮的墙壁

去爱你

去柔嫩的枝头

亲吻你

直到

我们结合成

又大又红的桃子

果核是我，果肉是你

让我们在

有限的生命里

尽情地炫耀恩爱

让每个看到我们的人

都羡慕

我们的甜蜜

我会告诉他们

我是

凿穿了年轮的墙壁

才爱到你

读玉林的诗

小声些，再小声些

要像石缝里泉水的呜咽

要像冰层下涌动的热血

要像寒风里散着幽香的梅花

要像春寒料峭中的新叶

大声说，再大声说

要像夏日正午的阳光

要像闯出樊笼的猛虎

要像滔天巨浪的海啸

要像划破夜空的雷电

看苑老师为工友义务理发

我们从陈旧的世界里走来

满脸的疲惫堆出坚硬的笑

满头的烦恼长成长长的荒草

一根挨着一根，一簇挤着一簇

我们自己怎么也甩不掉

不敢照镜，怕见烦恼的招摇

拿起梳子，在头上造出一个虚伪的花苞

谁知，走到阳光下，走到春风里

头上的烦恼都敢肆意地骄傲

幸好，今晚遇见苑老师

他的大手一挥一推

一个个全新的我们

就找回了轻松的俊俏

考勤卡

我所在的工厂的门岗

是一位六十多岁的老人

每当上下班时

总会站在考勤卡箱旁

很仔细地看

就像守墓人

盯着他负责的墓碑

墓碑上

记载着一个人的生平

某某某

上午八点—十二点

下午一点—五点

轮船，港湾

——写在工友之家建立十八年

大海无边

消磨了多少条航船的青春岁月

没有人统计过

或许是多得无法记录

也或许是微不足道得令人想不起

只有海水记得每条船的疲惫

每条船来去匆匆

每条船，都不关心太阳是否落下

月亮是否升起

每条船，都说着自己的方言

每条船都把大海当成江湖

都想闯荡出自己的一片领地

然而啊，大海无边，大海无言

大海的胃口可以吞下所有的航船

只有港湾，对，只有港湾

才能让航船有片刻的安眠

那温馨的感觉就像游子回到故乡

就像孩子回到亲人身旁

就像在北京打工的人

走进工友之家

工友之家就像港湾

时时，处处，都是春天

那大门天天敞开着

就像港口欢迎疲惫的航船

我的诗篇

曾经

我的诗篇写在庄稼地

一行行庄稼是我

错落有致的诗句

我轻轻地抚摸

一棵棵庄稼

像是在缓缓地整理

我诗歌的思绪

小鸟盘桓

我的修辞落下又升起

阳光普照

形容词澎湃着汹涌的绿

微风拂来

我的庄稼地溢满

动词的涟漪

名词—茬茬你拉着我

我拖着她地接力

现在

我的诗篇写在工厂

一堆堆僵卧的铁管、方钢

沉睡在车间、库房

它们了无生气，浑浑噩噩

像人一样困惑迷茫

经过我的焊接和打磨

突然间

变得像鲜花般漂亮

不，更像优美的

诗句一样

将来啊

我的诗篇走向世界

像太阳的光

像月亮的光

像钻石的光

叮叮

读我诗歌的时候

世界之钟在敲响

朱自生

机械工人，六零后，湖北襄阳人。现代诗歌爱好者。

有这样一双手

有这样一双手

说它是手，是因为还长在人身上

你看不出是肉体的

看不出血色

就像一双木质或铁质的工具

现在，终于可以放心了

它不像手。最多比喻为

土里水里火里刨食的爪子

如果

硬要说它是手

就要准备一副

铁石心肠

光彩夺目

我说的这个现象

一般都用在明星身上

说一般，是因为总有个别情况

在工地，我就看见一个焊工

够耀眼

戴个墨镜才可欣赏

但他穿着严实

连脸都挡着

这情景实在和明星相反

你一定把这当成个笑话

不过没关系

我知道，有些发光的事物本身并不明亮

比如木柴，比如煤炭

牛

心存委屈的时候

不如扭头去看牛

看它们拉车犁地砥砺前行

不如看它们的眼睛

那里没有快乐，但也没有悲伤

鞭子落下的时候，听不到痛苦的叫声

只是猛地眨一下眼皮

好像提起的闸门

你以为泪水就要涌出来

但是没有

泪水还在它的湖里

虽然有点浑浊

但努力保持着平静

世上有许多这样的眼睛

我们叫它善良

流水

这些来自江东江西

河南湖北的孩子

有的叫溪

有的叫江

更多的叫作河

此刻，他们在低处

混合，拥挤，晃荡

像是随遇而安

也无力自拔

个体早就消失了

只有很少的水

一次次冲岸

一次次溃败

如果你正好看见

请伸出手

螺丝

你一定见过螺丝

工厂里自不必说

在家里，在单位

在路边

实际上，我们轻易见到的那些螺丝

大多是分离的，走失的

真正完美的螺丝

公母成双

坚定不移

向一堆废铁致敬

写出这一句，我就后悔

因为我将面对来自当下的质问

必须有一个无懈可击的理由

最后，我想到了——

"再好的铁，有一天也是废铁"

是的，只是时间问题

现在，我可以大胆地

说出废铁的成分

他们分别是，

退休的，下岗的，残缺的，边缘的

以及各种原因

被打入另册的

这一堆

堆在一起

像一座瘦骨嶙峋的山

需要抬头仰视

低头致敬

和温度

它就像一个木质或铁质的工具

现在，你终于可以放心了

铁

感谢工厂

让我认识众多的铁

做梁的

做柱的

做丝的

做钉的

都有一个共同的名字

同一个家族

就像军队，所有人都是战士

这些年

我们几乎忘了铁的模样

给它穿上各色外衣

磨去棱角

把它打扮得温文尔雅

像个绅士

但是今天

我偶然从一个新鲜的剖面

看见金属的本质

一双眼睛突冒精光

我们，忘了它英雄的出身

这些年

铁是忧郁的

是的，它会弯

会断

会锈了又锈

铁——

让我最后再叫你一声

这一次，我将带足

金戈铁马之气

脚手架

每次经过它们

我都会抬头看看

顶天立地，蔚为壮观

不是为了气壮山河

不是为了庄严宣告

甚至也不是为了登高呐喊

——只是为了盖大厦

盖酒店

盖宾馆

与自己低矮潮湿的住处

开一个小小的玩笑

王景云

大专毕业，做过磨工、会计、有线电工、仪表测试员、检验工、物资核算员，一干就是三十多年。发表过一些诗歌。

车间，有奔跑的风

车间，有奔跑的风

传送带，这个奔跑的风

无论时间在哪里升起

一旦电开关闭合

工人这棵旷野之息的草

就立刻重复机械性动作

停不下来

任由风操控

甚至莫名做起风的帮凶

动用电起子，电烙铁

一系列没有思维的工具

无休止运转，沉默

任"呼呼呼"的声音

穿啸而过

生活费，学费，医药费，房贷

呼呼呼，呼呼呼……

年轻的草，被吹成两鬓挂霜

疲软。打了蔫的叶子

开始泛黄，退休的草

被列入名单

一群嫩绿的草

又接替他，继续

被风

吹过四季

流水线上的稗草

工厂里的日子

是夏天结下的一粒瘦苦瓜

癞疙草似的粗糙

流水线上，酷暑的时间与速度

超越烈日下蝉儿的聒噪

厂房里没有阳光照进来

也没有空调

埋头干活，工位上

每一棵哑草，沉浮于流水的诺言

飘来荡去。总想模仿别人的幸福

以汗水赠予世界谷粒

而一粒粒稗草的种子

在岁月里生根，发芽

忍受设备挑刺，挺不起腰杆

长成卑微的稗子

被秋风挑选

运送小星星

一颗螺丝钉，就是一颗小星星

它的闪耀，组装在工件上

流水线，传送带哗啦啦

就运送许许多多的光

反射微绿月亮的名词：

房贷，生活费，医药费，学费

这些名词变成了跳动的音符

在流水线起舞每一粒

汗水析出的盐

碎花

总是

纠结童年的细节

碎花布。直尺，粉笔，剪刀

比比画画

前后相连的两片

裁袖，挖领口

絮棉花

藏在棉花里的杂质

母亲细细地摘除，平摊均匀

右手边絮，左手边迅速扯断

软乎乎，毛茸茸的温暖

就絮在了里衬上

夏天里，穿清凉

碎花裙的，总有个孩子叫她：母亲

刀

一辈子都砍砍杀杀

何时能停下来

和亲朋好友，喝茶聊天

与动植物相亲相爱

停下来

幸福地生锈吧

底座

刺鼻的稀释剂

一阵阵，刺痛她

已切除一片肺叶才三个月的伤口

有刀子在剜，额头沁出汗珠

咬咬牙

提起一桶倒进黑胶桶

再用搅棒不停地

搅动黏稠的黑色黏合剂

仿佛在向转动的旋涡

不停地讨要生活

取一合金阀座，蘸适量黏合剂，固定工架上

再取一黑色塑料阀栅

蘸匀，粘上去

每天，她八小时

反复重复这样的动作

把自己固定在

时间与现实的底座之间

枯荣与共

石榴花又开了。院子里

火红的夏日，又上枝头

不久就会结满

一个个将要炸裂

甚或流出汁液的灯盏

不同以往，令我讶异：

去年秋天挂果的石榴

依然完好，挂在树上

只是干枯的古铜色

让我想起了木乃伊

想必，经历了溃烂

流脓的疼痛过后，冬雨冲刷

寒风鞭打，已风干成不朽

这种枯荣，构成的夏日要素

枯果自己都没有意识到

这已超出死亡的界线

在生与死的缝隙

制造悬念

语言的骨头

是的，我的语言

含有春风和柔软的水

这些无骨的言辞，太过温暖

浮动花朵的香气

我这笨拙的嘴唇

凫影都有草木之心

蓬勃向上的朝气，需要铁质的骨头

需要剑气干云的豪迈

需要准备一万枚锋利的箭镞

随时射出去，堵住尘世的谎言

王志刚

1973 年生于天津，农民，笔名"中华民工"。

老去的事物长着翅膀

每掉一根白发，就照照镜子

五官的棱角愈发陡峭。今夜的星辰那么近

像突然闯入又一个异乡。我的细软

胸腔仅剩下倒伏的麦田。父亲弯腰挥镰

收割秸秆下发霉的咳嗽

老去的事物长着翅膀，渐飞渐远

病态的亢奋在脸上升温。心里已做好

随时抛弃自己的打算。新剃的头没了白发

成了霓虹灯、路灯、月亮的反光体。也是一种反抗

用平和的方式耍小聪明。当我置身于

此刻的沉醉，城里人再说我的方言

是鸟语，我就在他们眼前

亮出翅膀

旧下来的身体像一所空房子

路过多少城市，我记不清了

今年开春，一场深夜返程的大雪里

床头躺着的空酒瓶，摇摇晃晃要站起来

试图给漂浮的梦境配重。此刻的我

怯于推开，那扇忽隐忽现的

高粱秸秆绑扎的柴门

旧下来的身体，像一所空房子

痴呆地空着，空洞地空着

蛛丝悬着，朽木站着

锈迹斑斑的粮仓欠身，倾听着什么

屋里拉开门闩的，是三十年前的我

探头试了下，凌晨潜移默化的清霜

鬓角一下子斑白了。下意识走进旷野

脚步和时间一样从容

在他乡

我一直在努力，靠近这里的一切
试图被陌生融入或藏匿。坚持每天
放弃一样东西。身体上的
思想里的。直到某一天
自己变成透明人，自由行走
做一个与世无争的旁观者

一个人在他乡，稀释血管里凝固的盐
骨头里生锈的铁。给身后软塌塌的影子
给他翅膀，给他火焰
给他一副完整的骨架，一个能辨识自我的
灵魂。活在别人的阴影下
我要让属于我的灵魂，在某个凌晨
突兀地站起来。捅破与这个世界

仅隔着的一层窗户纸

我想做的事，很多人都在做着

那是像我一样的一群，被时代的夹缝

挤扁脑袋的人

知天命

用前半生剩余的气力，复原乡音

风在我眼前打旋，没有固定方向

我将嗓门扯到最大，眼前的城市

每一片落叶，都以华丽的滑翔

展示蕴藏的风雅，带走一串回归的伏笔

火焰，沉寂在它凸起的经络上

等原地打转的我，突然返青

用蒿草替代中年的荒芜

这些年，每时每刻都在裁减

衣服、皮肉、骨头、方言……去靠近

去适应，试图融入

最开始是虔诚的，矫健地手脚并用

给自己制造一次又一次短暂窒息。五十知天命

得到的结果是，学会矫情

学会有心算计无心。坦然是一种伪装

猥琐也是

我承认，没学会穿墙术学会了翻墙术

每天给当了项目经理的发小，发个位置

微信地图上那个绿色小圆点，像一棵野草上掉下的

多余的叶片。用匍匐的姿势

珍惜土地赐予的辽阔。我写诗

但我从不赞美。本来不知自己身在何处

也轮不到我赞美谁。那个兄弟把我拉黑了

可能又高升一步。老爹老娘还在乡下

他老婆一人养着

写诗。前几年一位瓦匠大哥把自己

写成网红。我写着写着

把中年写成泥潭，写得摇摇晃晃

像个病人

拔钉子的女人

拔钉子不是力气活，适合女人干
拔钉子也需要技巧，挣钱不少

木方子有薄有厚，钉子钉得有深有浅
竹胶板有新有旧，钉子有粗有细
拔钉子的女人，有说有笑
有时也厮打咒骂。因为日工七十
拔一斤钉子加五毛

拔钉子的女人脸很黑，眼很亮
手很糙嘴很粗，也爱笑
她们在五月的阳光下，用汗水在远遁的白云上
标注青春流逝的刻度。才来临的夏天
患了恐高症。钉子上的锈迹

粘在手上开始霉变。手里的羊角锤子

在城市敏感部位敲出的漏洞，转眼就被

汗水蒸腾后滚动的盐粒填实

关于幸福

在异乡，我喜欢无月的夜

可以赤身裸体，在梦游的兄弟间穿行

可以掏田埂下低缓的虫鸣，可以藏匿遗失在方言里

脸红心跳的说辞。可以引导透明的闪电

在止步于荆棘的兄弟们眼前，劈开一道

有温度的豁口。可以偷偷摘下几粒星子

攥在掌心当探路石

在异乡，关于幸福的定义

是被欲望绑架的。必须有一件称手的冷兵器

和一些歪念头。以及亲手敲碎镜子里

明亮的早晨的勇气。决然毁掉自己

人形影子的决心

其实，所谓幸福

就是她发来短信，说昨天半夜

听见我回家的脚步。那条叫小黑的土狗

趴在大门口呜呜到天亮

自画像

省略无辜和顿悟。省略幸福

结晶为盐的比喻。黄昏铺开的宣纸

被暗灰色的烟岚濡湿。中央凸显一个色彩变异后

凝固的容器。容器里冒头的

庄稼和稗草，招摇着遮掩老屋和老井

终被风干为，可有可无的插图

日历又翻过一页

这个把身份证、结婚证、暂住证、上岗证挂在

胸口的人，将第一根白发夹在

考勤表的最后一页。这个渴望使用暴力

或者接受暴力的人，手心的冷汗

已将写满前半生债务的纸条，揉成纸浆

这个一身是病的人，依旧踉跄于农历与阳历之间

写明天的保证书

就是这个人，这张脸

南风刚融化一河薄冰。另一层冰霜

就结在他脸上

认命书

当我专注于某件事。比如在月光下
用工地白天剩下的方木，打一架云梯
当我把梯子举到，即将封顶的二十三层楼面
白云变幻为乌云，乌云被风吹沸
下雨了

这样的场景，自不惑之后
无月的梦游之夜，时有发生
同睡在通铺上的兄弟，也梦游
我回来，他们已进入二度深度睡眠
呼吸均匀两颊桃红

在十五瓦灯泡下，写潦草的施工日志
像诗歌的分行。分割双鬓沾染的霜雪

额头霜雪填不满的沟壑，要几亩倒伏的麦子

才能填平。刀子般的睫毛

掀开即将腐烂的麦秸秆，布满血丝的眼里

两弯镰刀似的弯月，或者是两块

父亲磨出完美弧度的磨镰石，没有体温

我以旁观者的姿态，说出久违的

所谓的幸福

我将继续热爱，能触及的一切

包括我的祖国。包括还要再加高加固的云梯上

奔袭而来的炊烟。即将知天命的尴尬

提醒我不能再等了。我去抄袭

广告牌上尾巴翘上天的家伙，镀金的梦想

顺手在他脸上摁灭烟头

争取再用两年，让嶙峋的瘦骨

长出悬崖的陡峭。在背阴的一面

生根发芽。不反抗也不妥协

更不会再闯进谁，九分虚构的励志故事

余下的时光，肆无忌惮地抒情

管它符不符合修辞的逻辑

寂桐

九零后，河北人，自小患小儿麻痹症，需要拄着双拐走路，曾在皮村做社区服务工作。

妈，我想对您说

妈，我想对您说

在别人的孩子刚迈出第一步时

您却依然抱着我

在别人的孩子分享成绩和成就时

您却在担心明天我是否还活着

儿时的我　最怕的字眼就是别人的孩子

妈，我想对您说

原谅我不和您一起逛街

因为我怕那些带刺的眼光

尖锐的提问

原谅我不想听您唠叨的话语

那时的我不能明白太多含义

妈，我想对您说

不要为我的身体残缺而愧疚

因为那不是你们的错

是上帝造我的时候

稍稍打了个盹

和口罩谈恋爱

口罩　口罩

不堪入目的你

没有人会在意

像一个付出了感情的人

不求回报

你每天为我抵挡不干净的东西

所以我想对你说

你已是我的习惯

像我的守护者

每一次你吻我的红唇

我能感受到你的气息

口罩　口罩

戴上你有一种安全感

不怕外界任何侵袭

我知道你会对我始终如一

你是我生活中唯一的伴侣

草原

我留恋你辽阔的身躯

触碰你碧绿的脸庞

在这里

你用结实的臂膀

将我拥在怀里

你有掠过马背的野性

马奶酒的醇烈豪情

酥油茶的扑鼻芳香

眼神里充满贴心的温柔

祝酒歌儿一声嘶吼

那份风干的爱

枯萎的情

又激荡在心中

久久不能平静

余生，把你藏在笔下

把你藏在笔下

其实，不是我的本意

因为你一直是我最大的神秘

如果这样可以留住完美的你

我愿意一直孤单下去

只愿能为你今生落笔

一支素笔

把你抒进梦里，写进诗里

因为有你，我的字迹灵动如歌

因为有你，四季都沉浸在梦里

我在回忆和想象中刻画你

自己变成了黎明前的更夫

未来的信号是那样模糊

余生，把你藏在笔下

来世，把你葬在心里

程鹏

重庆开县人，在深圳务工，作品见于多种文学期刊，曾参加《诗刊》社举办的第24届青春诗会。出版散文集《在大地上居无定所》。

运往深圳的孤独

扎进行李，再往行李里塞下一块腊肉

临走前的妻子，从帽子里飘落下来

想把他一起装进深圳，千里之外，人生地不熟

一生没有离开过土地的人，命运注定是

一头耕耘在乡村的牛。屋里喂养着三条狗

累了的时候还得为它们煮饭，与土地为生的人

房子空空，也与动物相互为伴

冬天的院子，梅花都开进屋里来了

风在河流里，雪淹没了他的脖子

云朵在山坡上，放空了身体的逍遥经

很静很静，听得到妻子心里的埋怨，出了大门

就是天涯之路。习惯了南方气候

过上了城市生活的女人，从乡村走出去的女人

五谷杂粮，去如糟粕。门前鸡鸭，视为粪土

一年一次，丈夫像一块石头

被留守，生死不知，病如顽石

床头上的青丝，逝水无声地流入枕头

床下的鞋子，悄无声息走了好远

看头上的白云，时舒时展，去如空空

回时匆匆。老鼠在屋顶打洞

娶媳嫁女，热闹不已

身体里的孤独，心里的幻梦。饲养了一群动物

养大了两个儿子，带走了一个妻子

这人间笑声就交给了深圳。土里为生的人

幸福却是城市。一次次离别，一年年

把行李装个够，运往深圳的公车

他走回屋里来，一张全家福

是他的幸福，也是他罪恶很深的孤独

有谁在挖着一口老井，井里响起一串脚步声

他喜出望外，一只母鸡从悬崖里带回儿女

扒开荒草找故乡

活在荒草里与草虫做伴

他已经活了整整八十年了，他也不肯搬到山下去

荒草里的山风和明月，祖坟和太阳

是他最终的宿命。荒草已经埋到他的脖子了

他也不显得惊慌，从容不迫的灵魂荒废着

寂寞了，就扒开荒草找老伴的坟墓

内心的荒芜早已经没有人烟

只剩下躯壳重重地挂在身体上，像水袋那样渴

他也没有世外桃源的想法，从搬迁到此

他就注定是这土地上最后的亡灵

儿子跋山涉水从深圳回来，扒开草丛

他还在享受着阳光的暖意，嘴里嚼着草茎

腊月初四，宰猪杀羊，烹肉打酒，他和儿子团了年

儿子就返回深圳过年。酒杯间

他吐露了真情，当年他的父母走投无路

是这块土地收留了他们，包含土地上的人

新婚别

也要穷尽最后一滴泪

月亮像白色的心脏，告别天空似的

摘下来可以当顽石。红烛还燃烧在高堂

被圣洁拼接在一起的两个喜字

靠在玻璃上，被上帝的一双手各分东西

他将去北京，她将去东莞

先走的他，必定看到她眼中的一滴泪

像打字机一样打下来，冰冷的物体

烫着两颗爱情的心。就在昨夜，

两颗身体紧紧抓在一起，为的是把寒冷祛除

为的是让离愁别绪简单点，越是抓得紧

越是知道离别就在明天，就在被窝里的距离

正月初四，上帝让两个天涯回来的喜字

聚在一起，正月初九，一张婚床

就像车站。她将被子叠起来，又打开

她不知道是将被子叠起来，还是把它打开

他走进婚房来，又迈出婚房

他想要说什么，说什么都挑起眼泪的底线

不说什么眼泪就没有底线般流下来

他摸了摸她的泪，就在昨夜夫妻的感情才稳固

她没有勇气送他出门，相信膝盖就会在门槛

像磁片一样跪在红烛下，数着眼泪

窗外就是榆树，她听见他上了一辆车

就算是脆弱的，也要在脆弱的一面

表达丰富的情感。就在昨夜，她为他

备好行李，也把结婚照塞进了他的行李

她羞涩地笑，微微靠向他洋溢着笑的脸

她不再叠被了，走出婚床

整理自己的行装，将踏上她的打工征途

——月亮收起榆树，最后一次掉线

谁也不知道她，左边的心脏跳动着右边的心脏

深圳蓝

他想在天空抓一把什么，伸了伸手

什么也没有抓到，抓到一个字"无"，又抓到一个字"虚"

这是这么多年他来深圳的意义，除了抓住生活的钱

生存的必须

他往墙根下走，影子又斜，像在大地上写字

他走过工业区，庆幸自己错过了进工厂的年龄

微笑着，身边的女人在他影子里踩来踩去，生活到底赋予
　了生命的体验

他一点儿也没觉得痛，观看了一场蹩脚的表演

自己本身就是自己故事里的演员，何必演绎别人的人生

深圳到处都是人为的艺术，就算是他热爱的野草

以及街边花店的花，看起来新鲜欲滴，又香气四溢

还有那个女人在他身体里的尖叫，他都认为是塑料的
他折了一根枯枝回家，虽说是春天了

赋予生活真实意义还是必要的，假的朋友真的敌人
一如他从天空裁下来的一小块蓝，宛如云

葡萄园

一

阳光下的葡萄园飘荡着

高速公路一阵阵向着我不安的脚步

流浪而过，微风吹拂我的

面庞，我的葡萄园，绿色像通道一样

来到南方，让我像自由一样生长

一样歌唱，来吧，为所有梦中流浪的

种植心情的好天气。高速公路上，我看到

迎着绿色而生长的葡萄园。一切变得不同

为疲惫的生活，无数被称为流浪的脚步

无数绿色在通道上为我敞开

我看到你从台阶上下来，我数数台阶

南方的气候爆裂，我为我不再短暂的孤独

喜极而泣，为了两个人的孤独

我不期而遇，上了葡萄园的绿色通道

敞开的明亮的孤独，我在幻觉中跑了起来

一只昆虫在枝头上，为不太明亮的上午

从高速公路下来，空气中弥漫香气

我已进入葡萄园，而你正背转身去

向另一面生活经营着

二

为了一座南方的葡萄园

几乎成了我的灾难。古老的建筑材料

堆积起来自己破碎的脸，眼睛曾像葡萄

滚动出啊我曾拥有婴儿般的睡眠

青春尚好，一座葡萄园突然出现

空中花园的走廊，作为失落的一代

落在坚硬的魔法师手中。哦我们轻别离

为还没有来得及相爱的青春

彼此微笑，依然不曾说过别离有期

在空中花园上落下的星座

是我们的命运，是我们别离无期

克制着眼泪，制造出浪掷微笑的口角

从不曾告别与不再见中

我已拥有了我的葡萄园

——那消失的未来，即使我只是斜面

三

黄昏的画景如一副大师的手套

我确定了不是它最好的方向，黄昏老昏昏

只有葡萄园成了我的精神家园

什么诗作和歌唱都是我的败笔，我承担了梦境

但愿是，此刻，我踏遍了绿色建筑的寂寞

我承担着寂寞，天，那有什么意义

我实在是人生最大的败笔，向拥挤的圆柱

有三根水泥圆柱，我不用数，我曾做了园中

一天的皇帝，老天，不是园丁

我曾听见葡萄簌簌如秋风瑟瑟

如我翻书的声音像绿染的天鹅绒

像绿蜡滴在母亲眼里，簌簌作响

四

痛苦于我何等惊慌，我看见你踏着晨霜远去

那是在冬季，那时我们的灵魂如此对等

我的灵魂像敞开的葡萄酒，你喝得如此寂寞

我饮你的灵魂如此醉过，哪怕有点苦

那天萧索如此笼罩寒冬。我感动

凋敝的葡萄园，在梦与死亡中

我的梦和你的死亡靠得如此近

像两个相互谋害过的灵魂，惶恐中说惶恐

我们试着抱了寂寞的长夜，鼓起勇气亲吻

我们像抱了孤独，用孤独取悦孤独

葡萄熟了

在如霜般的月光里你我想要的葡萄熟了

这是我的家园接受它吧，亮晶晶的葡萄

不再如白云般流浪，也不再使自己穷困潦倒

我想要的葡萄熟了，一颗一颗的晶莹剔透

把它制造成甜酒，为那些还没回到故园的游子

这是生命给我们配上的薄礼，别急着去想金银

青春如花期般短暂地开过了，接受中年的洗礼

尽管生命也短暂，但是我想要的葡萄熟了

它是让我们远道回来的一道甜饮

喜悦令我们去开怀畅饮

尽管这生命的盛宴来得晚一些

但是我想要的葡萄熟了，一颗一颗在葡萄架上

在如霜的月光下，绿色走廊变得晶莹剔透

何等的美事，忠诚跟随着我们的内心

修整吧，我们的家园，修整吧，内心的荒芜

来这里，灵魂的动荡得到了救赎

安宁地，取下葡萄，把它酿成生命的琼浆

文
景

Horizon

社科新知 文艺新潮

大口呼吸春天

陈年喜 李若 等 著

出 品 人：姚映然
责任编辑：杨　沁
营销编辑：杨　朗
封扉设计：连莲连

出　　品：北京世纪文景文化传播有限责任公司
　　　　　（北京朝阳区东土城路8号林达大厦A座4A 100013）
出版发行：上海人民出版社
印　　刷：山东临沂新华印刷物流集团有限责任公司
制　　版：北京百朗文化传播有限公司

开　本：850mm×1168mm 1/32
印　张：10.5　　字　数：162,000　　插页：2
2025年4月第1版　　2025年4月第1次印刷
定 价：59.00元
ISBN：978-7-208-19413-7/I·2203

图书在版编目（CIP）数据

大口呼吸春天 / 陈年喜等著 . -- 上海：上海人民
出版社，2025. -- ISBN 978-7-208-19413-7
　Ⅰ . I227
　中国国家版本馆 CIP 数据核字第 2025MH5318 号

本书如有印装错误，请致电本社更换 010-52187586

社科新知 文艺新潮 ｜ 与文景相遇